PLAIES ET BOSSES

Liste alphabétique complète des

Romans d'Exbrayat

(Masque et Club des Masques)

	Masque	Club des masques
Aimez-vous la pizza ?	700	55
Amour et sparadrap	680	21
Les amours auvergnates	1001	506
Les amoureux de Leningrad	1061	157
Au "Trois Cassoulets"	1154	229
Avanti la musica	715	43
La balade de Jenny Plumpett	1481	
Barthélemy et sa colère	854	354
La belle Véronaise	1210	268
Les blondes et papa	727	126
Bye, bye, chérie	1330	
Caroline sur son banc	1556	
Ce mort que nul n'aimait	625	133
Ces sacrées Florentines	1046	147
C'est pas Dieu possible	1308	
Cet imbécile de Ludovic	674	85
Chant funèbre pour un gitan	1012	145
Le château des amours mortes	1608	
Chewing-gum et spaghetti	665	12
Chianti et Coca Cola	897	33
Le clan Morembert	1098	
Le colonel est retourné chez lui	875	170
Les dames du Creusot	904	398
Le dernier des salauds	958	454
Des amours compliquées	1457	
Des demoiselles imprudentes	721	369
Deux enfants tristes	1423	
Dors tranquille, Katherine	762	286
Les douceurs provinciales		51
Elle avait trop de mémoire	583	27
En souvenir d'Alice	1469	
Encore vous, Imogène	753	118
Espion où es-tu ? M'entends-tu ?		98
Et que ça saute		106
Felicité de la Croix-Rousse	1033	215
Les fiançailles d'Imogène	1176	197
Les filles de Folignazzaro	797	360
Fini de rire, fillette	1512	
La haine est ma compagne	1634	

	Masque	Club des masques
L'honneur de Barberine (hors collection)		
Il faut chanter, Isabelle	992	498
Imogène est de retour	706	110
Imogène et la veuve blanche	1406	
Imogène, vous êtes impossible	801	140
L'inspecteur mourra seul	638	19
J'aimais bien Rowena	1345	
Joyeux Noël, Tony		63
Ma belle Irlandaise	1719	
Mandolines et barbouzes		80
Marie de nos vingt ans	1380	
Méfie-toi, Gone !	741	67
Les menteuses	1141	223
Les messieurs de Delft	839	312
Mets tes pantoufles, Romeo	1713	
Mortimer, comment osez-vous ?	969	294
Ne vous fâchez pas, Imogène	647	75
Le nez dans la luzerne	1597	
Notre Imogène	1070	165
La nuit de Santa Cruz	592	378
Olé ! torero...	788	303
On se reverra, petite	824	47
Le petit fantôme de Canterbury	1392	
La petite fille à la fenêtre	1188	239
Plaies et bosses	919	59
Le plus beau des Bersagliers	779	88
La plus jolie des garces	1728	
Porridge et polenta	1291	345
Pour Belinda	975	393
Pour ses beaux yeux	1167	
Pourquoi tuer le pépé ?	1220	256
Le quadrille de Bologne		102
Quand Mario reviendra	1240	318
Quel gâchis, inspecteur	814	39
Qui veut affoler Martine ?	1278	336
Le quintette de Bergame	978	181
Le sage de Sauvenat	1667	
Sainte Crapule	1256	327
Le temps se gâte à Zakopane		92
Ton amour et ma jeunesse	1227	247
Tout le monde l'aimait	1086	205
Trahisons en tout genre	1566	
Tu n'aurais pas dû, Marguerite	1430	
Un bien bel homme	1116	277
Un cœur d'artichaut	1536	487
Un joli petit coin pour mourir	1020	190
Une brune aux yeux bleus	935	71
Une petite morte de rien du tout	893	414
Une ravissante idiote		114
Une vieille tendresse	1645	
Vous manquez de tenue, Archibald	872	384
Vous souvenez-vous de Paco ?	616	5
Le voyage inutile	925	441

EXBRAYAT

PLAIES ET BOSSES

LIBRAIRIE DES CHAMPS-ÉLYSÉES

PROLOGUE

Egan O'Meara se redressait en marchant dans les rues de Boyle, capitale du comté irlandais de Roscommon. Egan avait dix-huit ans et était très fier car il venait de recevoir son diplôme de fin d'études secondaires. Il lui semblait que tous les gens qu'il croisait le regardaient avec une admiration à laquelle — à son avis — se mêlait une sorte de respect. Il poussa la porte du jardinet précédant la jolie maison du docteur Owen Dooling, son oncle. Au moment où il pénétrait dans le vestibule, une grande femme déjà sur l'âge, se retourna. Le garçon courut à elle, en criant joyeusement :

— Ça y est, Norah! J'ai réussi!

La femme l'étreignit et murmura :

— Merci, Seigneur... Je pense, Egan, que si vos parents vous voient de là-haut, ils doivent être contents de vous.

Egan eut un soupir. Il n'aimait pas entendre parler de ses parents qu'il n'avait presque pas connus. Son père était mort dans une histoire de bagarre avec des soldats anglais, et sa mère — sœur cadette du docteur Dooling — avait rendu sa chère âme peu après la disparition de son mari alors que l'enfant atteignait sa cinquième année. Le Dr Dooling avait recueilli et élevé Egan avec l'aide de Norah Gneeves, une veuve d'une trentaine d'années qui tenait le ménage du médecin. Le jeune O'Meara considérait Norah comme sa vraie maman.

— Oncle Owen est-il là?

— Il vous attend dans son bureau.

— Dans son bureau?

— Et je crois qu'il a des choses importantes à vous dire, mon garçon.

— Pourquoi?

— Parce qu'il a pris une nouvelle bouteille de whisky dans la réserve. Vous savez aussi bien que moi, mon petit, que lorsque votre oncle est sur le point de prendre une décision, il débouche toujours une nouvelle bouteille de whisky.

Owen Dooling, homme de taille courte mais qui regagnait en largeur ce qu'il perdait en hauteur, aurait pu être comparé à Mr. Pickwick, un Mr. Pickwick irlandais... Sur son crâne dégarni que cernait une couronne de légers cheveux blancs, les soleils et les pluies du comté de Roscommon avaient laissé des traces indélébiles, sous l'aspect d'une couleur étrange tenant le milieu entre le homard cuit et la sclérotique d'un hépatique au bout de son mal. L'oncle Owen montrait une figure plutôt congestionnée. Ce visage empourpré où deux petits yeux bleus brillaient d'une lumière limpide, le docteur Dooling le devait d'abord à une tendresse immodérée pour le whisky, ensuite à son fichu caractère d'Irlandais. Egan adorait son oncle, mais il le craignait aussi pour ses colères excessives. Quand le garçon entra dans le bureau où le médecin l'attendait, il fut tout de suite frappé par l'atmosphère solennelle du moment. Son oncle, bien assis dans son fauteuil derrière une table surchargée de papiers et de livres, qu'une bouteille de whisky intacte surplombait, ressemblait à un juge s'apprêtant à rendre une sentence. Le jeune O'Meara en eut la gorge serrée. Dooling chérissait son neveu, mais il aimait presque autant se donner la comédie ou la donner aux autres. Intimidé, le garçon dit :

— Mon oncle... J'ai obtenu mon diplôme.

— Je sais, Mr. O'Neill m'a téléphoné pour me féliciter.

Assez dépité, Egan estima que les félicitations auraient plutôt dû lui revenir.

— Asseyez-vous, mon neveu.

Du doigt, Owen montrait un haut fauteuil fort incommode placé juste devant son bureau. Egan y prit place.

— Mon neveu, je suis content de vous...

— Merci, mon oncle.

— Je suis content de vous parce que vous avez eu votre diplôme, parce que vous mesurez un mètre quatre-vingt-deux, parce que vous pesez cent cinquante livres, parce que vous êtes un bon boxeur qui n'a pas froid aux yeux, parce qu'enfin je soupçonne qu'en honnête Irlandais né dans le plus beau comté de toute la République — du moins à mon avis — vous ne dédaignerez pas le whisky lorsque le moment sera venu. Egan, je me permets de vous assurer que votre mère, ma chère sœur Grainne, serait heureuse. Avec votre permission, Egan, je vais boire un verre en l'honneur de ma défunte cadette. C'était une femme de bien.

— Je vous en prie, mon oncle.

Avec une sorte de sérénité mystique, le docteur Dooling déboucha sa bouteille d'alcool et s'en versa un bon verre qu'il vida d'un trait.

— Mon neveu, je suis heureux de vous avoir amené en aussi parfaite condition jusqu'à l'âge d'homme ou presque, cela grâce aux soins dévoués, maternels, si je puis m'exprimer ainsi, de Norah Gneeves que le Seigneur mit jadis sur mon chemin pour mon bonheur et pour le vôtre. Egan, je vous demande la permission de boire à la santé de Norah Gneeves, une personne comme on n'en fait plus...

— Je vous en prie, mon oncle.

Dooling expédia un second verre d'alcool avec une maestria qui emplit le jeune homme d'admiration.

— Mon neveu, si je ne me suis jamais marié, c'est d'abord parce que je n'avais pas le sou, ensuite parce qu'en mourant votre mère vous confia à moi, enfin parce que j'ai préféré la médecine à tout. Je crois, Egan, qu'il serait correct que je boive à la médecine qui fut toute ma vie et grâce à laquelle j'ai peut-être pu aider mes semblables!

— Je vous en prie, mon oncle.

Le docteur se dépêcha un troisième verre d'alcool dans la gorge en un temps record. Cette fois, il resta un court instant les paupières baissées, puis expira une haleine lourde avant de reprendre la parole.

— Mon neveu, il m'arrive parfois de penser à ma propre mort. Dans cette perspective, ce qui m'ennuie, c'est que non seulement je ne vous verrai plus, non seulement je ne pourrai plus boire de whisky, mais encore je serai obligé d'abandonner Boyle et ses habitants. Egan, je souffre à l'idée de les laisser entre les mains d'un médecin qui ne serait peut-être pas du pays... Pour me donner le courage de surmonter cet avenir bien triste, j'estime qu'il serait prudent de prendre un peu de remontant; n'est-ce pas votre avis?

— Exactement, mon oncle.

— Vous êtes un bon petit, Egan.

Sur cette affirmation, l'oncle vida son quatrième verre d'alcool, réduisant la bouteille à la moitié de son contenu initial. Ce coup-ci, il ferma les yeux un peu plus longuement que la fois précédente. Quand il se remit à discourir, sa voix parut légèrement assourdie.

— Mon neveu... Si vous estimez que vous me devez quelque reconnaissance, si vous souhaitez voir mourir votre vieil oncle en paix, vous ferez votre médecine pour pouvoir me succéder un jour.

— Avec joie, mon oncle! Je n'osais pas vous en parler parce que je sais ce que coûtent d'aussi longues études.

— Egan, tout l'argent que j'ai pu économiser au cours de ma vie, est à votre disposition... Serait-il vrai, mon neveu, que vous ayez la vocation?

— Je le crois, mon oncle.

— Dieu vous bénisse, mon enfant! La vocation est un don du Seigneur! Je bois à votre vocation, Egan!

Son cinquième verre, le bon docteur Dooling dut s'y reprendre à deux fois pour l'avaler. Le souffle commençait à lui manquer.

— Mon neveu, vous partez après-demain pour Dublin, votre chambre est retenue, votre inscription prise.

Le jeune O'Meara ne put dissimuler son étonnement.

— Mais, mon oncle, comment avez-vous deviné d'abord que je réussirais à mon examen, ensuite que je voudrais devenir médecin?

— O'Neill est un ami d'enfance. Quant à votre avenir, je n'en doutais pas. Vous n'avez fait que confirmer ce que je me permettais d'appeler ma certitude. Entre nous, mon neveu, je puis vous confier que je suis assez fier de ma perspicacité... Et je me demande, oui je me demande, Egan, s'il ne serait pas logique que je boive à ma perspicacité?

Sans attendre la réponse du garçon, Dooling engloutit son sixième verre dont il laissa, cependant, couler un peu de liquide sur son gilet. A ce moment, Norah entra sans frapper, selon son habitude.

— Alors, elle est finie cette conférence, *oui?*

— Et... Et en quoi... ça... vous regarde, No... Norah Gneeves?

— Il y a Brian Caher qui voudrait vous voir. Il dit qu'il est malade...

— Je... Je vais le... le recevoir...

L'oncle se leva péniblement de son fauteuil et quand il fut debout, il dut s'appuyer des deux mains sur son bureau pour ne point rouler au sol. Norah s'exclama :

— Par saint Patrick! Dans quel état vous êtes! Vous n'avez pas honte?

Le docteur redressa le torse.

— Il... Il me semble que... que vous me manquez de... de respect... Nono... Norah Gneeves!

— On ne respecte que ceux méritant le respect!

Cette insolence rendit une partie de sa lucidité à l'oncle.

— Vous avez un sacré toupet, Norah Gneeves, de me reprocher de boire alors que vous-même...

La vieille femme l'interrompit sèchement :

— Moi, c'est seulement le vendredi après-midi parce que je ne peux pas supporter l'idée que c'est un vendredi qu'on a crucifié Celui qui est mort pour sauver des pécheurs comme vous et moi, Owen Dooling!

Sur cette remarque qui, à ses yeux, justifiait sa pieuse intempérance, Norah quitta la pièce. Le docteur confia à Egan :

— Un sacré foutu caractère, si vous voulez mon avis, mais je l'aime bien tout de même... Et maintenant, retirez-vous afin que je puisse recevoir ce casse-pieds de Brian Caher qu'en vingt ans de soins attentifs je nc suis pas parvenu à expédier dans l'autre monde!

— Mon oncle... Vous n'allez pas recevoir Brian Caher dans... enfin comme vous êtes?

— Parce que je suis soûl? Rassurez-vous, mon neveu, à cette heure-ci, Brian Caher est sûrement plus soûl que moi.

Dans le vestibule, Egan rejoignit Norah qui lui sourit.

— Alors, vous serez médecin, vous aussi, Egan?

— Vous saviez?

— Il y a des mois et des mois que nous en parlons à la veillée avec votre oncle... Il faut que vous nous fassiez honneur, mon garçon, hein?

Alors le cœur du jeune O'Meara creva. Il se jeta en pleurant, dans les bras de Norah, l'embrassa en lui disant : merci, maman... A son tour, Mrs. Gneeves fondit en larmes, car Egan représentait le fils qu'elle n'avait pas eu, et il lui était doux qu'il le reconnût. Quand ils se désenlacèrent, un peu gênés l'un de l'autre, le garçon déclara :

— Maintenant, je vais chez l'oncle Lackan, lui apprendre mon succès!

— N'oubliez pas de dire à cette vieille fripouille de Tomas qu'il a oublié de me payer ma pension, ce trimestre!

Tomas Lackan était le frère de Norah. En acceptant d'élever Egan, Mrs. Gneeves, du même moment, lui avait fait cadeau de sa propre famille. Tomas et Maeve Lackan tenaient une ferme au nord de Boyle sur la route menant au lac de Lough Kay. Pour ce domaine hérité de ses parents, Tomas servait une petite rente à sa sœur. Les Lackan, pris d'affection pour Egan O'Meara l'orphelin, le traitaient comme leur neveu. Ils lui témoignaient autant de tendresse et de sévérité qu'à leurs propres enfants, Sean — de deux ans l'aîné d'Egan — Kevin, son contemporain, Patsy qui comptait trois années de moins que le futur médecin, enfin Kate, la cadette, de sept ans plus jeune que celui qu'elle crut longtemps son cousin germain. Sean était un colosse, Kevin se prétendait aussi fort qu'Egan, Patsy s'affirmait devoir devenir une très jolie fille, Kate, une maîtresse de maison accomplie.

Dès qu'ils furent en âge de se battre, Sean, Kevin et Egan se battirent. A chacune de leur rencontre, l'un saignait du nez, l'autre se mettait des compresses d'eau fraîche sur le visage pour tenter d'estomper la couleur des ecchymoses lui marbrant la figure. Ces trois garçons s'aimaient bien, mais, en bons Irlandais, ils avaient la bagarre dans le sang. Au fur et à mesure qu'ils grandirent, ils cessèrent de se cogner, réservant leurs forces pour s'empoigner avec les gars de Boyle. En agissant de la sorte, Sean, Kevin et Egan ne faisaient que se conformer aux us et coutumes du bon vieux pays. Nul ne s'en offusquait, au contraire. Longtemps, le père Dermot O'Donoghue, qui portait la responsabilité des âmes de la paroisse, tenta d'apaiser l'humeur combative de ses ouailles : en vain. Dès lors, le dimanche, à la grand-messe, il se contentait de soupirer lorsqu'il bénissait une assemblée aux nez tuméfiés, aux oreilles en chou-fleur, aux acardes sourcilières fraîchement recousues, aux lèvres éclatées. Même, il n'était pas rare que les deux chantres, ayant l'un et l'autre dépassé la septentaine, chantassent des cantiques prônant l'amour du prochain, avec des figures truffées de coups. Personne ne songeait à rire de ce spectacle insolite, car toute la population de Boyle savait que depuis un demi-siècle, Samuel et Ruadh — les deux chantres — se soûlaient de compagnie le samedi soir, au point que lorsque Lennox Caradice les mettait à la porte de son bar, ils se flanquaient une solide râclée à propos d'une fille courtisée en commun dans leur jeunesse mais dont ils ne se souvenaient que lorsqu'ils étaient ivres.

Huit ans déjà qu'Egan avait pris la résolution de devenir médecin...

Pendant ses six années à Dublin, Egan O'Meara revint passer toutes ses vacances à Boyle pour y retrouver l'oncle Owen qui buvait de plus en plus de whisky, Norah Gneeves supportant de moins en moins l'idée du Christ sur sa croix, le vendredi, Tomas et Maeve Lackan vieillissant paisiblement après avoir confié l'exploitation de la ferme à leurs garçons Sean et Kevin, tout en en demeurant les patrons, alors que Kate secondait de mieux en mieux sa mère dans la tenue de la maison. Quant à Patsy, elle donnait bien des soucis à ses parents. Ses frères passaient presque toutes leurs heures libres à la surveiller ou à rosser les garçons qui la serraient de trop près. Patsy jugeait les travaux de la campagne bien indignes de sa condition, méprisant quelque peu sa sœur qui trouvait du plaisir à s'occuper de la lessive ou de la vaisselle. Parce que la plus gâtée, Patsy avait obtenu la permission de continuer ses études, belle occasion pour se rendre deux fois par semaine à Sligo sous prétexte d'y suivre des cours de français, d'allemand, de sténographie, mais surtout pour flirter. Malheureusement pour elle, comme pour les autres, Patsy était très jolie. A la maison, elle prenait des airs offensés chaque fois qu'on l'invitait à mettre la main à la pâte. Alors, pour éviter d'inépuisables querelles, Kate se chargeait de la besogne.

La fille aînée des Lackan, sous ses apparences écervelées, poursuivait un but bien précis depuis le jour où elle avait appris que son ami d'enfance Egan serait le futur médecin de Boyle. Elle n'eut aucun mal à tourner la tête du jeune O'Meara qui passa de la tendresse fraternelle l'unissant à Patsy à autre chose. Il fut le dernier à s'en rendre compte. Un soir, Sean, après le dîner s'adressa brutalement à sa sœur :

— Dites donc, Patsy, faudrait voir à ficher la paix à Egan, hein?

La jeune fille affecta un air pincé.

— Je ne comprends pas ce que vous entendez par-là?

— Vraiment? Alors, vous êtes bien la seule!

— Je déteste les énigmes!

— Vous tournez scandaleusement autour d'Egan, vous essayez de le rendre amoureux de vous!

Elle répliqua, méprisante :

— Je n'essaie pas, Sean, c'est déjà fait! Egan m'aime! Il m'épousera quand je le voudrai... C'est-à-dire lorsqu'il aura une situation!

A ce moment, Kate se leva brusquement de table et courut à la cuisine. Kevin qui chérissait sa cadette s'en fut la rejoindre. Il la trouva en larmes. Il la prit dans ses bras et la berça contre lui tout en murmurant :

— Tu aimes Egan, n'est-ce pas?

— Oui.

— Depuis longtemps?

— Depuis toujours...

— L'imbécile! Si je lui cassais la figure, histoire de lui ouvrir les yeux?

— Non, Kevin, ce sont des choses qui ne se commandent pas, et Patsy est si jolie!

Lorsque O'Meara obtint son diplôme de médecine générale il regagna Boyle plus fier que s'il avait été élu président de l'Eire. Patsy l'accueillit à la gare et passant son bras sous le sien, au mépris de l'opinion publique, le raccompagna jusque chez son oncle afin de bien montrer à la population de la petite ville qu'Egan lui appartenait.

— Vous êtes content, Egan, que je sois venue vous chercher?

— Oh! Oui!

— Vous ne m'avez pas oubliée à Dublin?

— Vous n'êtes pas de celles qu'on peut oublier, Patsy!

La jeune fille en était convaincue, mais il lui plaisait de se l'entendre dire.

— Vous comptez vous installer bientôt à Boyle?

— Je pense que je vais d'abord travailler avec mon oncle en attendant qu'il prenne sa retraite.

— Quand viendrez-vous demander ma main au père?

— Ce soir, si vous voulez?

— Non, pas ce soir, mais demain dimanche... Ce sera plus solennel.

Lorsque Norah Gneeves apprit de la bouche d'Egan que sa nièce l'avait reçu à la gare, elle soupira :

— Patsy est une effrontée!

— Norah! Ne répétez jamais une chose pareille sinon nous serons brouillés!

La gouvernante ne répondit pas, se contentant de soupirer :

— Les légumes et les fruits s'améliorent au fil des générations, il n'y a que les hommes pour demeurer aussi bêtes! Ainsi, vous êtes médecin, maintenant, Egan?

— Oui, et quelque peu spécialisé en gynécologie... Je pense mettre beaucoup de petits Irlandais au monde, Norah!

— Gynécologie, hein?...

La gouvernante parut réfléchir un moment avant de conclure :

— Je ne sais pas si c'est très correct!

L'oncle Owen supportait de plus en plus mal le whisky dont il buvait chaque jour davantage. La belle cirrhose hépatique dont il souffrait, jaunissait son teint, mettait des reflets verdâtres sur sa sclérotique.

— Egan, je suis bougrement fier de vous! Drôlement content aussi que vous arriviez à la rescousse parce que, pour ne rien vous cacher, ce monde commence à me fatiguer... Il était temps que vous nous reveniez... Je crois que nous allons faire du bon travail ensemble, mon neveu! Si vous tenez à connaître mon sentiment, j'estime qu'il serait positivement scandaleux de ne pas trinquer à la mise en fonction de notre attelage.

Ils burent. Le docteur Dooling constata avec une satisfaction émue que son neveu buvait sec. Un vrai, un bel Irlandais!

Chez les Lackan, on fêta avec enthousiasme le nouveau médecin et Kate elle-même, oubliant sa réserve naturelle, lui sauta au cou avec toute l'impétuosité de ses dix-sept ans, ce qui ne fut pas du goût de Patsy. Elle le déclara de son ton le plus sec, à sa sœur qui, rougissant jusqu'aux oreilles, fila se cacher dans la maison. Mr. O'Meara, n'ayant d'yeux que pour sa future fiancée, n'y prit garde. Tomas et Maeve Lackan assez fiers à l'idée que leur fille aînée serait l'épouse du médecin de Boyle, se sentaient prêts à tout lui pardonner. Sean estimait toutes ces histoires un peu farfelues. Il ne comprenait pas pour quelles raisons, son copain Egan se montrait si pressé d'aliéner sa liberté. Seul, Kevin en voulait à O'Meara de son aveuglement car, en toute honnêteté, le garçon tenait sa sœur pour une garce.

La manière dont Sean, Egan et Kevin fêtèrent l'accession de leur ami au titre de docteur en médecine devait rester gravée dans les chroniques du comté de Roscommon. Les trois garçons, presque dès le début de la soirée, se heurtèrent à des gars venus du comté limitrophe de Sligo. Ce fut une bagarre mémorable, car les adversaires, tout au long des heures qui suivirent, reçurent des renforts. Bien des gens se tapèrent dessus avec une allégresse juvénile sans savoir du tout pourquoi. Jusqu'à deux heures du matin, le docteur Dooling assisté de Norah, recousit des arcades sourcilières, procéda à des ponctions sur des oreilles tuméfiées, s'ingénia à arrêter de puissantes hémorragies nasales et tenta de réduire des enflures qui en rendaient certains presque aveugles. Oui, en vérité, une belle soirée, qui, on l'apprit tout de même assez vite dans le cercle des initiés, débuta parce qu'un type de Sligo se permit de demander à Patsy Lackan de danser avec lui. Immédiatement, Egan sauta sur le gars, et tout s'était déchaîné. Vers une heure du matin, Sean et Kevin fort mal en point étaient quand même en meilleur état que leur copain Egan. C'est pourquoi, ils le ramenèrent chez lui où leur tante les reçut d'une drôle de manière :

— Voyous! Athées! C'est pour vous battre comme des vagabonds que votre pauvre mère vous a mis au monde peut-être, hein? Regardez-moi ces figures! Ignobles! Vous mériteriez d'aller vivre chez les pseudo-Irlandais du Nord! Vous ne valez pas mieux qu'eux! Du sang anglais doit couler dans vos veines!

Au regard que lui lança Sean à travers ses paupières mi-closes, Norah comprit qu'elle avait été trop loin. Elle s'excusa sans s'excuser.

— Vous me mettez tellement en colère que vous me faites déparler! Et celui-là, un futur médecin! Qui le croirait à le voir dans cet état? Il perdra sa clientèle avant même qu'il l'ait constituée! Emmenez-le coucher, je vais le soigner, moi!

Kevin, un garçon très prude, n'osait pas déshabiller Egan en présence de sa tante. Norah ne comprit pas tout de suite.

— Eh bien! Qu'est-ce que vous attendez pour lui enlever son pantalon? Vous ne prétendez pas le coucher tout habillé, des fois?

— Mais... Tante, j'attends que vous sortiez?

Elle ne saisit pas immédiatement le sens de la remarque, puis enfin, elle comprit et éclata de rire.

— Celle-là, c'est la meilleure! Mais, Kevin, bougre d'imbécile, vous oubliez que c'est moi qui l'ai élevé? Sauf le mettre au monde, j'ai agi avec lui comme votre mère avec vous! Est-ce que vous oseriez dire à votre mère de sortir parce que blessé, on vous coucherait?

— Non, bien sûr...

— Alors?

Egan assommé par les coups et le whisky, dormait. Norah lui posa des compresses sur le visage. Quand elle l'eut bichonné, arrangé, dorloté elle se tourna vers l'aîné de ses neveux.

— Sean... Pourquoi cette bataille?

Et Sean lui expliqua.

Après le départ des garçons qui regagnèrent la ferme paternelle en s'appuyant l'un sur l'autre pour soutenir leur marche, Norah s'en fut trouver le docteur. Tous deux s'entretinrent fort avant dans la nuit.

Vers neuf heures du matin, lorsque Egan ouvrit un regard quelque peu trouble sur le monde extérieur, il distingua Norah assise au pied du lit. Surpris, il murmura :

— Vous?... Que se passe-t-il?

Tout de suite, il pensa au docteur, à son foie, à sa tension et s'assit sur sa couche pour demander, affolé :

— Mon oncle?

Avant de répondre, Mrs. Gneeves se signa.

— Grâce à une étonnante, une infinie bonté du Ciel, le docteur se porte à merveille. Je conviens qu'il y a là une injustice quelque peu révoltante, mais comme j'aime bien votre oncle, je m'en félicite. Egan, vous vous êtes battu de façon épouvantable hier soir...

— Qui m'a ramené?

— Sean et Kevin, naturellement. Ils ne valent pas mieux que vous. J'ai grande honte de vous voir prendre ce chemin, mon petit. Qui voudrait croire que vous êtes docteur en médecine, dites?

O'Meara baissa le nez, confus. Il savait parfaitement que sa mère adoptive avait raison et qu'il lui faudrait — s'il tenait à réussir dans l'existence — rompre au plus tôt avec ces coutumes barbares. Un médecin est destiné à panser les plaies non à en occasionner.

— Je vous demande pardon, mummie.

Quand il l'appelait ainsi, Norah sentait son cœur fondre et il ne l'ignorait pas, le vaurien! Chaque fois qu'il avait quelque chose de grave sur la conscience, il donnait à Mrs. Gneeves ce nom de mummie qui la bouleversait. Cependant, ce coup-ci, elle résista à l'élan qui la poussait à prendre le garçon dans ses bras afin de l'embrasser tout en lui assurant qu'elle ne lui tenait pas rigueur de sa conduite.

— Egan... Je suis terriblement fâchée contre vous. Hier soir, vous m'avez parlé sur un ton... Jamais vous n'aviez agi ainsi, jamais... J'ai eu beaucoup de peine, mon garçon. Je crois, ma foi, oui, je crois bien qu'à cause de vous, j'ai pleuré... de chagrin. Cela ne m'était pas arrivé depuis que vous aviez failli mourir de la scarlatine, il y a vingt-deux ans!

Émbeen, le jeune homme prit la main usée de Norah et la baisa. Alors elle lui passa son autre main sur les cheveux.

— Mon petit garçon à moi... Je voudrais tant que vous ne commettiez pas de sottises...

— Je vous promets que je ne recommencerai plus!

— Egan, c'est à cause de Patsy que vous vous êtes battu, n'est-ce pas?

Aussitôt, il se renfrogna. Elle insista :

— Sean m'a mise au courant.

— Il aurait mieux fait de tenir sa langue!

— Egan, écoutez-moi : Patsy est ma nièce... Je l'aime en tant que telle, mais elle n'est pas une femme pour vous.

Il regimba :

— Taisez-vous, Norah! J'aime Patsy!

— Pourquoi?

— Pourquoi? Mais... Parce que je l'aime, c'est tout.

— Non, Egan, vous l'aimez — ou du moins vous vous le figurez — parce qu'elle est jolie, coquette... Qu'elle tourne la tête à tous les garçons, qu'elle se conduit, Dieu me pardonne! comme une dévergondée!

Il prit son visage fermé des mauvais jours.

— Vous devriez avoir honte de parler ainsi de votre nièce! J'aime Patsy! Elle m'aime! Nous nous marierons, que cela vous plaise ou non!

— Elle soupira :

— Mon Dieu! Egan, combien les hommes peuvent être aveugles... Patsy ne vous aime pas! Elle sera une mauvaise épouse, j'en suis certaine. C'est Kate qui vous adore, sa mère me l'a confié... Elle pense à vous depuis qu'elle est en âge de marcher, ou presque... Elle vaut dix fois sa sœur mais elle ne se jette pas à la tête des garçons, elle!

Il ricana :

— Elle fait aussi bien! Qui voudrait d'une fille qui passe son temps à balayer, à épousseter, à laver ou à tricoter?

— Un homme intelligent, ce que vous n'êtes plus, Egan O'Meara!

Mrs. Gneeves quitta la pièce, avec l'allure d'une reine outragée s'en allant préparer, en ses appartements, d'étonnantes vengeances. Un peu gêné d'abord par cette scène, Egan retrouva son insouciance en se regardant dans la glace du cabinet de toilette. Sa figure ressemblait à un beefsteak passé à l'attendrisseur! Un beefsteak qui, au point de vue fraîcheur, aurait laissé beaucoup à désirer. De ses lèvres fendues un peu de sang continuait, de temps à autre, à sourdre. Sa pommette gauche s'ornait d'une croix d'albuplast. Son œil droit était complètement fermé tandis que le gauche s'ouvrait difficilement dans le plus beau des arcs-en-ciel. Certainement pas le visage qu'un amoureux a l'habitude de montrer aux parents dont il vient demander la fille. Il estima qu'il serait peut-être plus sage de patienter quelques jours avant de risquer cette démarche capitale chez les Lackan. Patsy comprendrait. C'est curieux que tout le monde ou presque en veuille à Patsy. On ne pardonne pas aux autres d'être plus jolies, plus élégantes, plus gracieuses, plus gaies. Évidemment, Norah ne comprenait pas une fille aussi extraordinaire que sa nièce. En repensant à la soirée de la veille, Egan ne put s'empêcher de sourire, un sourire que ses lèvres déformées changèrent en grimace. Quelle bagarre! Une des plus belles — sinon la plus belle — que Boyle eût vues depuis sa fondation! Les quelques flics de la ville s'étaient tenus prudemment à l'écart. D'ailleurs, il paraît que Mik O'Connell, le superintendant et le sergent Seamus Coppeen, enthousiasmés par cette bataille mémorable, ne se résolurent à intervenir — en parfaits sportifs — qu'au moment où la victoire ne pouvait plus échapper au camp qui la méritait.

Vers midi, l'oncle Owen pria son neveu de le rejoindre au plus vite dans son bureau. En entrant, Egan constata, non sans appréhension, qu'il n'y avait pas la moindre bouteille à portée de la main du docteur. Il en augura des suites désagréables qui ne tardèrent pas.

— Egan, je suis fâché, bougrement fâché même! Non pas parce que vous vous êtes mutuellement rossés avec quelques bons gars qui avaient du cœur au ventre, mais parce que cette raclée collective, vous l'avez déclenchée en l'honneur de Patsy Lackan.

Voilà que l'oncle à son tour s'en prenait à la bien-aimée de O'Meara. Egan, tout de suite se rebiffa :

— Un type prétendait danser avec elle, alors qu'elle était avec moi!

— Cela démontre, mon neveu, que lorsque vous n'êtes pas là, elle danse avec n'importe qui!

— Mon oncle!

— Mon neveu?

— Si vous n'étiez pas... qui vous êtes, je vous casserais la figure!

— Et cela changerait quoi?

Démonté par cette question directe, Egan s'en remit à sa passion.

— J'aime Patsy Lackan! Elle sera ma femme! J'interdis à quiconque de lui manquer de respect!

— Qu'elle commence donc par se respecter elle-même!

Egan poussa une sorte de beuglement furieux en même temps que pour ne point lever la main sur son oncle, il empoigna le fauteuil, le souleva, pour en heurter violemment le plancher. Le docteur Dooling se contenta de remarquer :

— Je vous prie, mon neveu, de ne point briser un mobilier qui ne vous appartient pas encore!

— Et qui ne m'appartiendra jamais! Car je ne saurais rester une minute de plus dans une maison où l'on calomnie la future mère de mes enfants! Adieu, mon oncle!

— Au revoir, mon neveu. Avant de boucler votre valise, soyez assez bon pour venir me rapporter quelle aura été la réaction de Miss Lackan lorsque vous lui aurez appris que vous n'avez plus ni argent ni situation assurée.

Egan émit un ricanement méprisant dont les vibrations laissaient entendre en même temps sa foi dans le désintéressement de la jeune fille, sa conviction qu'il était assez intelligent pour se procurer des subsides sans avoir recours à la bourse avunculaire, sa certitude que l'Irlande entière se déclarait prête à accueillir un praticien de la qualité d'Egan O'Meara et à lui offrir un pont d'or, enfin que l'amour se moquait de tous ces calculs bassement sordides, dignes de croulants ayant oublié la générosité de leur jeunesse. Néanmoins, Egan ressentait quelque inquiétude en traversant Boyle pour se rendre chez les Lackan.

La famille Lackan finissait de déjeuner lorsqu'Egan se présenta devant eux. A sa vue, Maeve Lackan joignit les mains :

— Si c'est Dieu possible de se mettre dans des états pareils!

Son mari Tomas, remarqua avec une certaine admiration :

— Vous en avez pris de bons, mon garçon! J'espère que ceux que vous avez distribués étaient de même qualité?

Sean et Kevin s'en portèrent garants et convièrent leur copain à prendre place près d'eux. Kate se leva pour se pencher sur le nouveau venu :

— Vous n'avez pas trop mal?

— Mais non, mais non...

Seule, Patsy déclara d'un air écœuré :

— C'est dégoûtant de se faire arranger la figure de cette façon!

Cette remarque paralysa Egan et tarit en lui, tout aussitôt, la source d'épanchements romantiques qu'il s'apprêtait à laisser couler à flots. Indigné par l'attitude de sa sœur, Kevin protesta :

— N'oubliez quand même pas, Patsy, que c'est à cause de vous que tout a commencé! Si vous n'aviez pas fait de l'œil à ce type de Sligo, Egan n'aurait pas été dans l'obligation de le corriger!

— Mais à quelle époque vivons-nous, Seigneur! Sous prétexte que j'habite Boyle, je ne puis pas danser avec un gars de Sligo?

— Non!

— Eh bien! Que cela plaise ou non, je le ferai!

Jetant sa serviette sur la table, Patsy gagna sa chambre où elle s'enferma. Après son départ, il y eut un silence gêné. Tomas résuma l'opinion générale en affirmant que sa fille montrait un foutu caractère. Egan soupira :

— C'est dommage, parce que, justement, je voulais vous parler de Patsy et de moi...

Tomas regarda sa femme, ses fils, sa cadette, se gratta la tête avant de conclure :

— M'est avis, garçon, que c'est peut-être pas le moment...

Egan regagna la maison de son oncle, plutôt déprimé. Le docteur Dooling l'attendait.

— Alors, mon neveu, partez-vous avec votre bien-aimée?

— Non... Elle a jugé que j'avais une figure dégoûtante... Je n'ai donc pas pu lui parler.

Owen haussa les épaules :

— Cette fille n'est pas une vraie Irlandaise, voilà mon sentiment. Ne criez pas, mon garçon, ce serait inutile. Entrez un moment dans mon bureau. Je veux vous parler.

— Encore?

Le docteur fixa O'Meara d'un œil sévère :

— C'est là, mon neveu, tout le secret d'une bonne éducation comme celle que je me flatte de vous avoir donnée?

Quand ils furent de nouveau enfermés tête à tête dans le cabinet de l'oncle Owen, ce dernier ne s'embarrassa pas de subtilités :

— Egan, votre comportement à l'égard de la jeune Patsy me prouve de façon indubitable que vous n'êtes pas mûr pour aborder un métier aussi dur que le nôtre. Vous aurez affaire ici à une clientèle bien plus encline à vous exposer ses problèmes qu'à vous montrer ses misères physiques. Mon neveu, vous apprendrez que les hommes exhibent plus volontiers leur cœur que leur c... C'est ce qu'on nomme la pudeur dans le code des sociétés bourgeoises. Je suis persuadé que durant vos études à Dublin vous avez vu défiler sous vos yeux toutes sortes de fesses que le Seigneur a créées, mais un cœur vivant, un seul, en avez-vous vu?

O'Meara hésita puis finit par avouer :

— Peut-être bien que non, mon oncle.

— Je m'en doutais... Si je vous lâchais dès aujourd'hui entre les mains de Patsy Lackan, vous seriez fichu en rien de temps.

— Mais, je l'aime!

— Vous l'aimerez aussi bien dans deux ans si votre amour est sincère?

— Deux ans?

— Que vous passerez chez un ami d'autrefois installé dans le Saskatchewan, une province du Canada. Je pense que vous y apprendrez à devenir un homme.

Egan fut obligé de se soumettre à la décision de l'oncle Owen, décision à laquelle il soupçonna Norah Gneeves de n'être pas étrangère, sinon il se fût trouvé sans un sou. Or, quelles que fussent ses illusions sur Patsy, elles n'allaient pas jusqu'à le persuader qu'elle accepterait de l'épouser sans promesse immédiate de revenus solides. La mort dans l'âme, l'amoureux s'en fut porter la nouvelle chez les Lackan. Les parents approuvèrent la décision du docteur Dooling, Sean et Kevin envièrent leur copain de partir au Canada. Kate pleura abondamment à l'idée de ne pas revoir Egan pendant vingt-quatre mois, quant à Patsy, d'abord furieuse, elle se consola en apprenant que l'oncle avait promis de céder son cabinet à son neveu dès son retour. Elle jura qu'elle n'oublierait pas son futur mari et promit de lui écrire toutes les semaines. Elle ajouta qu'au Canada les fourrures étaient sans doute très bon marché, elle serait heureuse d'en recevoir.

La veille du départ d'Egan O'Meara pour le Saskatchewan, l'oncle Dooling, Norah Gneeves et les Lackan organisaient une petite fête de famille à l'issue de laquelle on décida d'un commun accord de considérer Egan et Patsy comme fiancés.

Cela se passait il y a deux ans. Durant ces deux années, Egan devint effectivement un homme rude et bon, habitué à se battre contre la maladie, à consoler ses semblables, à les aider à venir au monde et à mourir. Il apprit aussi que les fourrures étaient presque aussi chères qu'à Dublin et que le vent d'Irlande avait dû emporter les promesses de Patsy touchant des lettres hebdomadaires. Régulièrement, Norah lui expédiait des nouvelles de Boyle. Kate, non moins régulièrement, lui racontait ce qui se passait chez les Lackan. Elle ne manquait jamais de souligner que Patsy attendait avec impatience le retour de son fiancé. De loin en loin, Patsy, elle aussi, lui adressait une carte, parfois une lettre où elle contait combien elle languissait d'être installée dans la belle maison de l'oncle Owen. La seconde année, cependant, Patsy cessa de parler de leur commun avenir à Boyle, puis ses lettres s'espacèrent de plus en plus. Cependant, Kate continuait d'écrire mais elle aussi oubliait peu à peu de parler longuement de sa sœur qui toujours la chargeait — assurait-elle — de mille pensées tendres pour celui qu'elle n'oubliait pas.

En recevant ces lettres, O'Meara ne pouvait se défendre d'un certain malaise. Il s'enfermait dans sa chambre pour revivre les dernières heures passées à Boyle. Il avait donné rendez-vous à Patsy sur les bords du lac Lough Kay, persuadé que le décor romantique à souhait conviendrait parfaitement à des adieux déchirants, à des engagements solennels, en bref à tout ce qu'un cœur épris peut envisager à l'instant d'une séparation. Mais Patsy ne vint pas et délégua Kate à sa place. Le garçon en fut tout décontenancé. La petite essaya d'expliquer :

— Patsy a été prise d'un malaise juste au moment de sortir... Elle regrette bien, vous savez... Elle ne voulait pas vous laisser le souvenir de son visage défait... De même, elle a dit qu'elle préférait ne pas voir votre figure dans l'état où elle est... Elle a demandé que vous lui juriez de ne plus jamais vous battre sous aucun prétexte... Vous embrasser lui donnerait l'impression de poser ses lèvres sur de la viande hachée.

Et Kate avait ajouté en baissant les yeux :

— Mais moi, ça ne me dégoûte pas... Si... Si vous voulez, je vous embrasserai pour elle?

*
* *

Maintenant, ayant terminé ses deux années d'apprentissage, Egan O'Meara rentrait à Boyle, capitale du comté de Roscommon.

CHAPITRE PREMIER

Lorsque l'avion arrivant de l'Ouest aborda la côte occidentale d'Irlande, Egan O'Meara se sentit en proie à une émotion profonde : il revenait enfin au vieux pays ! Par le hublot, il contempla cette chaîne de lacs scintillant dans toute la gamme des verts... Le vert de l'Irlande... Il n'y a pas de plus belle couleur au monde pour un Irlandais de bonne race. A Shannon, Egan monta dans le train, et par Enis, Athenry, Athlone, Mullinger, Longford, gagna Boyle. Pas un instant, il ne s'était ennuyé durant le long trajet, ayant la sensation que chaque arbre, chaque ferme lui adressaient un amical salut, que l'Irlande tout entière manifestait sa joie de le revoir.

En débarquant à Boyle, Egan serra la main du chef de gare qui se dit heureux de son retour et conclut, après avoir examiné O'Meara d'un œil critique :

— Je crois que vous feriez un beau mi-lourd, maintenant, hein, docteur?

— Ce temps est passé, Douglas. Désormais, je dois m'occuper d'affaires sérieuses.

— J'ai toujours considéré la boxe comme une affaire sérieuse, docteur !

Vexé, le chef de gare prit sèchement congé du voyageur qui se promit de mieux tenir sa langue à l'avenir. Certes, Egan n'espérait pas que toute la population de Boyle l'attendrait, mais qu'il n'y eût pas un chat pour l'accueillir lui parut tout de même excessif. L'absence de Patsy surtout le peinait. Il lui avait écrit pourtant le jour et l'heure de son retour. Pourvu qu'elle ne soit pas malade... Mais, dans ce cas, Kate aurait pu la remplacer afin d'exposer la situation... O'Meara laissa ses bagages à la station et s'en fut tranquillement vers la maison de son oncle, en flânant. Puisque personne ne semblait pressé de le voir, pourquoi se hâterait-il? Il abordait la grande-rue lorsqu'une affiche attira son attention. On y annonçait un grand combat de boxe qui devait avoir lieu quinze jours plus tard entre le champion poids lourd du comté de Roscommon — Sean Lackan — et le champion du comté de Sligo. Sean... Du coup, Egan retrouva toute son ardeur. Le cher vieux Sean qui continuait à flanquer des raclées à ses contemporains, n'étant pas lié — comme O'Meara — par un serment à sa bien-aimée. D'ailleurs, Sean n'avait pas de fiancée. Il aimait trop la boxe pour se soucier des filles.

Regardant tout autour de lui, Egan eut le sentiment de quelque chose de changé dans Boyle. Il ne reconnaissait pas ce calme, cette quiétude... Il lui paraissait que deux années plus tôt, on s'y montrait plus nerveux. Pour tout dire, s'il retrouvait l'Irlande, il ne retrouvait pas les Irlandais. Il s'apprêtait à continuer sa route, lorsqu'un gars costaud lui demanda, en montrant l'affiche de la réunion de boxe :

— Vous croyez que ça sera un beau match?

— J'en suis persuadé... Je n'ai jamais vu le gars de

Sligo, mais il faudra qu'il soit fort pour tenir devant Sean Lackan.

— Vous pensez ça, hein? Eh bien! Moi, je vous dis que votre Lackan, on le verra étendu sur le ring avant même qu'il se rende compte de ce qui lui est arrivé!

— Ça m'étonnerait!

— Ça vous étonnerait? Et ça, est-ce que ça vous étonne?

Cueilli de plein fouet par un magnifique crochet du droit, Egan s'en fut s'écraser le long du mur contre lequel son dos glissa jusqu'à ce que son derrière fût arrivé sur le trottoir. Immédiatement, des hommes s'attroupèrent et commentèrent l'affaire. Dans le brouillard léger qui l'empêchait de prendre une claire notion des choses, O'Meara entendait des réflexions :

— Pour une belle droite, c'est une belle droite!

— Oui, mais vous ne contesterez pas qu'il a cogné alors que l'autre n'était pas sur ses gardes.

— Il ne perd rien pour attendre! Vous savez qui c'est, le gars qui a pris le coup? Egan O'Meara, le neveu du vieux Dooling!

— Non? Un fameux batailleur dans le temps!

— Et comment! Vous allez voir ce que vous allez voir, mon vieux!

Mais on ne vit rien du tout. Egan, il est vrai, fut sur le point de se redresser et d'entamer un combat en règle avec son agresseur mais il se rappela à temps son serment à Patsy et son état de docteur en médecine. En dépit du crochet encaissé, il souriait, heureux d'avoir retrouvé ses Irlandais.

Quand il fut avéré qu'O'Meara ne se battrait pas, son adversaire haussa les épaules, tourna le dos et s'en fut en maugréant des choses pas très aimables sur les gens de Boyle en particulier et du comté de Roscommon en général. Il n'y avait malheureusement pas un jeune pour relever le défi. Le sergent Seamus Coppeen qui passait par-là, se fit expliquer les choses et mis au courant, alla vers Egan.

— Salut, docteur! On me dit que vous avez été rossé par un gars de Sligo?

O'Meara expliqua l'espèce d'agression dont il venait d'être victime. Le policier paraissait gêné au fur et à mesure que l'autre progressait dans son discours.

— Oui... Je vois... En somme, il vous a frappé et vous ne lui avez pas rendu la monnaie de sa pièce?

— Un docteur ne se bat pas sur la voie publique.

— Sûr... Autrefois, vous n'auriez pas raisonné comme ça, hein?

— Autrefois, c'était autrefois, sergent.

— Eh! Oui! Tout change... Pas en mieux, docteur, si vous voulez mon opinion, pas en mieux... Je vous souhaite quand même un bon retour au pays.

— Merci...

Dépités, voire hostiles, les spectateurs s'écartèrent, déçus d'être privés d'un spectacle gratuit. Le policier s'apprêtait à les imiter lorsque O'Meara le retint :

— Sergent, vous avez rencontré mon oncle, récemment?

— Votre oncle? Pas plus tard que ce matin.

— Il se porte bien?

— Ça m'en a tout l'air.

— Et... Et les Lackan?...

— Sean combat dans une semaine, Kevin le soignera... Il me semble me souvenir... Est-ce qu'on ne racontait pas que vous étiez fiancé à Patsy Lackan?

— Je le suis toujours, sergent!

L'autre regarda Egan avec des yeux ronds.

— Qu'est-ce que vous dites, docteur?

— Je dis que je suis toujours fiancé à Patsy Lackan.

— Ah?...

— Pourquoi? Ça vous étonne?

— Plutôt, ça ne me regarde pas... Au revoir, docteur; on vous verra au match, l'autre samedi?

— Je ne pense pas.

Seamus Coppeen soupira :

— Le Canada vous a bien changé... Enfin, chacun mène sa vie comme il l'entend... Salut, docteur!

Egan ne comprenait pas exactement ce qui se passait mais la certitude le gagnait qu'il y avait quelque chose. Pour quelles raisons, le policier s'étonnait-il que O'Meara fût encore fiancé à Patsy?

Afin de réfléchir à ce problème qui se posait brusquement à lui, le jeune médecin entra au *Cygne couronné*, lequel se trouvait sur sa route. Il connaissait depuis toujours Lennox Caradice, le patron. Ce dernier ne remit pas tout de suite son client. Mais au moment où il versait la bière demandée, relevant la tête il fixa le nouveau venu avant de s'écrier :

— Dieu me pardonne! Egan O'Meara!

— Comment allez-vous, Lennox?

— Tout ce qu'il y a de bien et je suis bougrement content de vous voir!

Par-dessus le verre du médecin, ils échangèrent une solide poignée de main. Le patron ajouta :

— Notez qu'au fond, je ne suis pas surpris! Tenez, pas plus tard qu'hier soir, juste au moment de me coucher, je disais à Maureen : Egan O'Meara ne peut plus tarder à rappliquer maintenant...

— J'ai terminé mon stage de deux ans dans le

Saskatchewan... Au Canada. A présent, je reviens donner un coup de main à mon oncle. J'espère vous avoir pour client lorsque vous vous déciderez à être malade, Lennox!

— Vous pouvez y compter, docteur! Si vous êtes seulement la moitié aussi bon que le vieux Dooling, on fera de vieux os dans le pays! Alors, comme ça, vous revenez pour aider votre oncle?

— Oui.

Caradice lui adressa un clignement d'œil appuyé, mimique qui surprit le jeune homme à qui le patron susurrait d'un air finaud :

— Vous êtes peut-être bien revenu pour autre chose aussi, hein?

— Je ne vois pas...

Nouveau clignement d'œil tout aussi léger que le précédent.

— Compris. Discrétion avant tout, c'est la qualité première de celui qui entend conserver sa clientèle. Seulement, docteur, je tiens à ce que vous sachiez que Maureen et moi on est de tout cœur avec vous! Et maintenant, on parle d'autre chose, pas vrai?

On parla d'autre chose mais d'une manière peu suivie. Egan n'osait pas poser de questions et Caradice s'efforçait de discourir sur des histoires qui, visiblement, ne l'intéressaient pas. Au moment où le médecin sortait, le patron se crut obligé de lui reprendre la main, de la serrer de nouveau vigoureusement tout en lui répétant d'un ton pénétré :

— Quoi que vous fassiez, Maureen et moi sommes derrière vous!

O'Meara répondit merci parce que vraiment, il ne voyait pas ce qu'il aurait pu répondre d'autre.

Alors qu'il approchait du grand magasin Brown and Brown où toutes les ménagères de Boyle se rendent au moins une fois par jour, Egan aperçut d'assez loin Kate Lackan. Au vrai, il ne la reconnut pas immédiatement, car la frêle demoiselle un peu grise, un peu terne, était devenue une solide jeune fille de dix-neuf ans n'ayant pas du tout l'air emprunté. O'Meara crut sur le moment qu'il s'agissait de Patsy. Néanmoins, il était content de rencontrer Kate et il lui adressa un grand signe du bras. A son étonnement, elle lui tourna brusquement le dos et rentra dans le magasin. Pourtant, il aurait juré qu'elle l'avait vu! Il hâta le pas, pénétra à son tour chez Brown and Brown mais autant chercher une aiguille dans une botte de foin! Dépité, le jeune homme ressortit. Kate l'avait-elle aperçu ou non? Si oui, pourquoi se serait-elle enfuie? Elle l'aimait bien jadis... Maintenant, Egan était certain qu'un malheur l'avait frappé, un malheur qu'il ignorait encore mais que d'autres connaissaient. Il repensa aux histoires de son enfance, aux navigateurs partis dans d'interminables voyages et qui revenaient au pays pour assister à l'enterrement de celles qu'ils aimaient et qui les avaient attendu. O'Meara déglutit difficilement sa salive. Patsy... Patsy serait-elle morte? Mais dans ce cas, on le lui aurait écrit! A moins qu'elle n'eût péri dans un accident pendant la semaine où il se préparait au départ, durant les huit derniers jours où il n'avait plus reçu de courrier d'Irlande... Petit à petit, la conviction s'insinuait en lui qu'il ne pourrait jamais épouser Patsy, depuis si longtemps chérie, parce qu'elle reposait au cimetière dans une tombe que l'on fleurissait chaque matin. Les larmes aux yeux, le romantique Irlandais se voyait déjà astreint à des pèlerinages consolateurs. Pauvre Patsy... Ah! tous ceux qui l'avaient calomniée devaient s'en mordre les doigts maintenant, et notamment Norah Gneeves, sa tante, qui ne l'avait jamais comprise! S'enfonçant avec une sorte de douloureuse satisfaction dans son chagrin, Egan se vantait d'être le seul qui eût su deviner toute la richesse de cœur de la chère pauvre petite Patsy, morte à vingt-trois ans dans tout l'éclat de sa beauté... En bref, c'est ruisselant de larmes, qu'Egan O'Meara frappa à la porte de la maison où exerçait l'oncle Owen.

*
* *

— Egan, mon cher garçon, que je suis contente de vous revoir!

L'arrivant examina sévèrement, méchamment presque cette vieille femme que l'âge faisait de plus en plus ressembler à un homme, dont elle possédait la rude silhouette. Le temps avait aplati, estompé tout ce qu'il lui restait d'appâts féminins. Mentalement (tout en éprouvant quelque honte de cette comparaison) O'Meara jugea que Norah Gneeves s'apparentait de plus en plus à un épouvantail, n'eût été la douceur maternelle de son regard. Mais comment pouvait-elle oser affirmer qu'elle se sentait heureuse alors que sa nièce... Ah! Le cœur desséché des vieillards! De son côté, la gouvernante admirant ce beau garçon, s'étonna de ce visage désespéré.

— Entrez, mon petit... Et dites-moi tout de suite pourquoi vous pleurez ainsi? C'est de joie ou de chagrin?

De joie!... Devant tant d'égoïsme, de monstruosité,

Egan eut un ricanement d'une amertume infinie. Elle l'examina avec inquiétude :

— Quelque chose qui ne va pas, mon garçon?

Non! Il n'était pas humainement possible qu'elle fût devenue aussi insensible que cela! Il lui prit les mains et, d'une voix tremblante :

— Mummie... Dites-moi tout, je vous promets d'être courageux... Très courageux...

Norah eut l'air affreusement embarrassée.

— Vous... Vous êtes au courant, mon cher petit?

— Oui... J'ai deviné...

— Je vous plains, mon enfant... De toute mon âme...

— Pourquoi ne m'a-t-on pas averti?

— Personne n'a osé... Nous ne sommes pas des écrivains, votre oncle et moi... Et c'était bien délicat...

— Mais Kate aurait pu...

— Je le lui ai demandé mais elle n'a pas voulu que vous fussiez aussi cruellement atteint par son intermédiaire... Je crois qu'elle vous aime toujours autant qu'autrefois...

Egan fut choqué de cette réflexion. A peine Patsy disparue, voilà qu'on tentait de lui imposer Kate en remplacement! C'était positivement dégoûtant! Il demanda plus sèchement qu'il ne convenait :

— Il... Il y a longtemps que... Que cela s'est passé?

— Cinq ou six mois, je pense.

— Et c'est maintenant que je l'apprends!

— Que vous le sachiez ou non n'aurait rien changé, Egan.

— Sans doute, mais je suis sûr que si j'avais été là, elle serait partie plus tranquille!

Norah Gneeves ouvrit une bouche démesurée sous

le coup d'une émotion qui ne pouvait être qu'intense si l'on en devait juger par ses manifestations physiques. Elle finit cependant par reprendre son souffle pour affirmer :

— Egan O'Meara... Vous avez de ces idées!... Est-ce au Canada que vous les avez prises?

C'est alors que l'oncle Owen apparut sur le seuil de son bureau, dispensant son neveu de répondre.

— Egan! Ce n'est pas trop tôt! Venez embrasser votre oncle, si vous ne l'avez pas complètement oublié.

O'Meara s'en voulut de ne pas témoigner plus de spontanéité envers le médecin, mais le changement physique de ce dernier le frappait à un tel point qu'il ne parvenait pas à dominer son émotion. Le docteur Dooling avait terriblement maigri, sauf du ventre, un ventre énorme qui obligeait à penser à une femme sur le point d'accoucher. La stupeur de son neveu ne pouvait échapper à Owen.

— J'ai bien changé, hein?

Egan ne réussissait pas à articuler un mot car, dès ce moment, il savait que l'oncle était arrivé au bout de son mal. L'ascite emplissant d'eau le péritoine proclamait assez que la cirrhose du docteur avait atteint un point extrême. Dooling eut un sourire mélancolique :

— Ne vous frappez pas, Egan... Je n'ignore rien de mon état et vous comprenez maintenant pourquoi il me tardait que vous reveniez... Il va falloir prendre ma place et très vite, mon neveu, vous entendez? Très vite... Entrez dans mon bureau que nous bavardions un moment... Vous nous préparez un bon déjeuner, Norah?

La gouvernante se détourna sans répondre car, elle

aussi, pleurait. La prévision de la mort d'Owen remit O'Meara en face de son chagrin dû au décès de Patsy. Bientôt, si cela devait continuer de la sorte, tous ceux qu'il aimait seraient au cimetière.

— Mon oncle... Norah m'a dit... Pour Patsy. Pourquoi ne m'avez-vous pas écrit la vérité?

— Je craignais de vous ôter votre courage et, là-bas, je savais que vous en aviez besoin... Et puis, mon garçon, comme plus vous allez, plus vous ressemblez à ma sœur — votre mère — romantique, je redoutais que vous prissiez quelque plaisir inconscient à souffrir, en bref, que vous vous livriiez à quelque excès imbécile comme de renoncer à votre tâche par exemple... Ne me tenez pas rigueur, si je me suis trompé.

— Est-ce qu'elle a beaucoup souffert?

— Qui?

— Patsy?

— Voilà, par ma foi, une question à laquelle je ne m'attendais pas!

— Vous ne l'estimez pas naturelle en pareil cas?

— Pas du tout!

— C'est vous qui l'avez assistée?

— Moi? Eh bien! Il n'aurait manqué plus que ça! Ma parole, vous rendez-vous compte de ce que vous dites, Egan?

O'Meara s'énervait et c'est d'un ton extrêmement sec qu'il précisa :

— A moins que les mœurs irlandaises aient beaucoup changé en mon absence, il était normal jadis de s'enquérir auprès d'un médecin s'il avait soigné une jeune fille en train de mourir et si cette dernière avait eu une fin pénible.

Dooling se prit le crâne à pleines mains.

— Je ne suis pourtant pas encore soûl ! Mais à la fin des fins, Egan, de quoi me parlez-vous ?

— De la mort de Patsy Lackan.

L'oncle se dressa d'un élan.

— Patsy est morte ?

— Vous n'allez pas me faire croire que vous l'ignoriez ?

— Mais... Quand ce malheur est-il arrivé ?

Egan eut un hochement de tête apitoyé. Pauvre oncle... Il en était déjà là ! Doucement, à la façon dont on parle à un enfant, il reprit :

— Norah tout à l'heure, vous-même il y a un instant, m'avez appris que vous ne vous étiez pas senti le courage de m'écrire l'affreuse nouvelle de la mort de Patsy...

Le visage d'Owen s'éclaira.

— Ah ! Ça y est ! Vous avez cru qu'elle était morte, qu'on voulait vous le cacher ? Aussitôt vous empoignez votre lyre pour chanter votre chagrin et voilà l'explication des larmes qui mouillent encore votre figure, hein ?

— Persifler sur un pareil sujet...

— Mon neveu, j'ai le regret de vous affirmer que Patsy se porte comme un charme...

— Le regret ?

— ... car elle a déshonoré sa famille, trahi ses amis — dont vous tout le premier Egan — en se laissant enlever par Christy Lisgoold, le fils du marchand de chevaux de Roscommon !

— Ce n'est pas vrai ?

— Il ne vous manquait plus, mon neveu, que de me traiter de menteur : c'est fait !

— Excusez-moi... Je... Je suis complètement perdu... Que Patsy ait pu me trahir... A ce point-là...

— Je vous rappellerai Egan que Mrs. Gneeves et moi-même vous avons mis en garde contre cette demoiselle pour qui seul l'argent compte. Les Lisgoold ont beaucoup d'argent... Elle n'a pas voulu lâcher la proie pour l'ombre. Tomas et Maeve Lackan ont interdit à leur fille de remettre les pieds chez eux. Quant à Norah, il est préférable de ne pas prononcer son nom devant elle si vous ne tenez pas à la voir se précipiter dans sa chambre pour y boire plus que de raison. Car, désormais, en plus du souvenir du Golgotha qui lui rend le vendredi insupportable, l'aventure de Patsy lui rend odieux tous les autres jours de la semaine... Heureusement que durant ces jours-là elle ne prend pas la même médication que le vendredi!

— Oncle Owen, comment Patsy a-t-elle connu Christy Lisgoold?

— Parce qu'il est venu s'installer à Boyle pour y vivre dans le péché. Cette éhontée de Patsy ne craint pas de se promener pour montrer ses robes et ses bijoux. Elle enrage parce que la plupart de ceux qu'elle croise feignent de ne pas la voir. Il n'y a que ses frères qu'elle évite avec soin. La première fois qu'elle s'est heurtée à Sean, il lui a flanqué une paire de calottes devant tout le monde. Christy est venu demander raison à l'aîné des Lackan. Il en a eu pour huit jours de clinique, et pourtant, ce Lisgoold est de belle force. Je compte que si vous rencontrez Patsy, vous l'ignorerez?

Maintenant, Egan comprenait l'attitude du chef de gare, du policier, de Caradice. Chacun se persuadait qu'il revenait pour tirer une éclatante vengeance de la trahison de Patsy. Il les avait déçus, sans aucun doute. Mais, pourquoi irait-il se battre avec un garçon qu'il n'avait jamais vu et qui ne le connaissait pas? Ce Christy Lisgoold ne portait aucune responsabilité. La seule coupable paraissait être Patsy.

Lorsque O'Meara pénétra dans la ferme des Lackan, ce fut Kate qui le reçut. Il l'embrassa et l'écarta un peu de lui :

— Sais-tu que tu m'intimides maintenant, Kate? Tu es devenue une sacrée belle fille! Je suis sûr que tu as des amoureux?

A travers son sourire et ses larmes, elle répliqua d'une voix tremblante :

— Egan O'Meara, le Canada ne vous a pas changé, vous êtes toujours le même empoté!

Ils se turent tous deux et parce qu'il leur fallait bien parler de ce à quoi ils pensaient tous deux, Kate chuchota :

— Vous... Vous êtes au courant pour... Patsy?

— Oui.

— J'ai honte, Egan... Nous avons tous honte, ici.

— C'est pour ça que vous vous êtes sauvée tantôt quand je vous ai vue devant Brown and Brown?

— Oui. Je savais que le docteur et ma tante ne vous avaient rien dit. Je ne tenais pas à être celle qui vous révélerait la trahison de ma sœur.

— Elle est mariée avec ce Lisgoold?

— Je... Je ne crois pas...

Devant O'Meara, Tomas Lackan et sa femme se tinrent debout, pareils à des coupables attendant le verdict d'un juge.

— On vous demande pardon, Egan. Maeve et moi n'avons pas su élever la fille que nous avons perdue...

Elle était si jolie qu'on a cru que sa beauté exprimait le reflet de son cœur... Nous nous sommes trompés. On vous demande pardon.

Sean et Kevin en voyant leur copain les rejoindre dans le champ où ils travaillaient, se regardèrent, embarrassés.

— Allons, les gars, ne faites pas cette tête-là ! Vous n'êtes pour rien dans ce qui m'arrive... Patsy était d'âge à sortir seule...

Brutal, Kevin trancha d'un ton définitif :

— C'est une garce ! Et si vous voulez mon avis, vieux, c'est une bénédiction que vous ne l'ayez pas épousée !

Sean, lui, se mit à ricaner et montrant ses mains énormes :

— On vous a appris mon cadeau de noce à ce Christy Lisgoold ?

— Oui, et je vous en remercie, Sean.

*
* *

Durant les huit jours qui suivirent, Egan essaya d'oublier Patsy. Il s'appliqua à aider son oncle, recevant ses malades — à qui Owen le présentait — en même temps que lui pour tenter d'assimiler une manière de faire qui rencontrait l'approbation de la population de Boyle. Une manière qui parfois déconcertait O'Meara. Il ne devait jamais oublier la façon dont le docteur Dooling soignait son plus vieux client, Brian Caher. Le bonhomme était complètement soûl quand il se présenta devant le médecin qui, lui-même, avait bu pas mal ce jour-là.

— Et alors, qu'est-ce qui ne va pas, ce coup-ci, vieille fripouille?

La fripouille en question eut un rire silencieux avant d'avouer :

— J' suis plein, doc!... Complètement plein... A ras... Faut pas trop que je bouge sans ça le whisky me coulerait du nez!... Plein, que je suis!

— Si vous tenez à connaître mon diagnostic, Brian, vous êtes un fameux cochon!

— C'est vrai! Plus cochon, ça n'existe pas, c'est pas possible!

— Étendez-vous sur le canapé que je vous ausculte...

Caher obéit en commentant :

— Ça me va, parce que pour rien vous cacher, doc', je piquerais bien un petit somme...

— Oui? Eh bien! vous irez le piquer ailleurs votre petit somme, Brian Caher! Nom d'un chien! Je ne trouve plus votre foie! Où est-il passé?

— Avec le vôtre, pardi! Dans les souvenirs... Sans compter que vous avez pas tellement bonne mine, vous non plus, docteur...

Dooling prit place sur le canapé à côté de son client qui s'était redressé.

— Je crois que je suis foutu, Brian...

— Allons, allons, faut pas vous laisser aller, doc!

— Foutu, je vous dis, Brian, et c'est pourquoi mon neveu est là qui va me remplacer.

— Le fils de votre défunte sœur, Grainne?

— Oui.

Caher poussa un soupir émouvant.

— Une bien charmante petite cette Grainne... Je

crois me rappeler que j'ai dû lui faire un doigt de cour dans le temps...

Il eut un geste vague.

— ... Mais c'est si loin... Alors, pour en revenir à vous, doc', faut pas vous laisser abattre... Prenez exemple sur moi?

— Vous n'êtes pas tellement en bon état, vous savez?

— D'accord, mais je bois encore ma bouteille par jour, et deux le samedi! Qu'est-ce que vous dites de ça?

— Moi, j'en suis à une bouteille et demie quotidienne!

Brian réfléchit longuement. On le sentait mortifié. Soudain, comme il relevait la tête Brian comprit qu'il avait trouvé la parade.

— Ça se peut, doc', mais vous, vous avez de l'instruction!... Mais je cause, je cause et ça me donne soif...

Dooling sortit le flacon de whisky que son client attendait et tous deux trinquèrent paisiblement aux belles heures d'autrefois alors qu'ils se tenaient encore à la source de ce magnifique fleuve d'alcool auquel ils étaient résolus, l'un et l'autre, de s'abreuver jusqu'à leur dernier moment. Caher tira un morceau de journal de sa poche, le posa sur le bureau, le lissa avec sa main.

— Paraîtrait que c'est un nouveau remède qui vous remet le foie en état. Qu'est-ce que vous en pensez, doc'?

Il tendit l'annonce à Owen qui y jeta un œil.

— Un remède comme un autre, Brian, seulement pour l'expérimenter, faudrait encore avoir un foie et ni vous ni moi n'en avons plus, mon pauvre ami...

Brian lui cligna de l'œil.

— Alors, si on n'en a plus, pourquoi qu'on irait se faire de la bile pour lui, hein? Je boirais bien encore un petit coup... quoique ça serait plus sage de le garder pour la prochaine fois, peut-être?

Le médecin remplit les deux verres :

— A nos âges et dans l'état où nous sommes, Brian, il est préférable de ne pas trop tabler sur les prochaines fois.

Ils burent de nouveau et Caher se levant, déclara :

— Naturellement, je vous demande pas ce que je vous dois, doc'... Vous ne me recevez pas en client mais en ami, pas vrai? Si je vous donnais de l'argent, je craindrais qu'il n'y eût quelque chose de changé entre nous...

— C'est une crainte que j'ai cessé de nourrir depuis longtemps!

Le lendemain de la visite de Brian Caher, l'oncle Owen s'alita. De gré ou de force, il fallut qu'Egan le remplaçât, et pourtant, peu à peu, s'installait en lui la conviction qu'il ne serait jamais le successeur du docteur Dooling. Vivre dans la même petite ville que Patsy — Patsy appartenant à un autre et méprisée par la plupart des gens — se révélait au-dessus de ses forces. Il n'osait plus sortir de crainte de la rencontrer, et quand on l'appelait au chevet d'un malade, il n'y allait jamais autrement qu'en voiture, même si la maison du patient ne se trouvait qu'à deux ou trois cents mètres. Si Norah Gneeves était énervée par le manège de O'Meara, elle n'en laissait rien paraître. Le garçon était trop proche d'elle pour qu'elle ne devinât point ce qui l'agitait. Elle comptait sur le temps et sur ses obligations professionnelles pour le guérir.

Plus il assumait la charge de l'oncle Owen, plus Egan s'étonnait des curieuses habitudes de la clientèle du docteur Dooling. Lorsqu'il reçut Miss Eithne O'Brien — sur les épaules de laquelle retombait le soin d'entretenir les ornements sacrés de l'église — se plaignant du ventre, et qu'il voulut, pour l'ausculter, relever sa robe, la vieille demoiselle poussa de tels cris que Norah Gneeves fonça dans le cabinet de consultation, persuadée que quelque chose de grave venait de se produire. Elle ne vit que cette grande haquenée d'Eithne, rouge jusqu'aux oreilles, et Egan complètement abasourdi.

— Et alors, qu'est-ce qu'il y a?

Miss O'Brien désignant O'Meara d'un index réprobateur, déclara avec indignation :

— Il a essayé de me manquer de respect!

Norah contempla son pupille d'un œil incrédule.

— Ce n'est pas possible, Egan!

— Mais ce n'est pas vrai, Norah!

Eithne s'emporta :

— Et il ment par-dessus le marché! Ah! Mrs. Gneeves quand vous m'avez assuré tout à l'heure que le neveu du docteur Dooling était un médecin aussi parfait que son oncle, je vous ai crue! Mrs. Gneeves! vous, une femme si respectable! comment avez-vous pu me tromper de cette façon?

Egan écarta les bras dans un geste d'impuissance.

— Elle est folle... Pas possible autrement, Norah, elle est évidemment folle!

— Il m'insulte! Norah Gneeves je requerrai votre témoignage devant le juge.

La gouvernante — quand elle n'avait pas un petit coup de whisky de trop dans le nez — passait, à juste raison, pour une femme de grand bon sens. Elle en témoigna ce jour-là. Elle fit asseoir Miss O'Brien.

— Voyons, Eithne, cessons tous trois de dire des sottises... Je vous connais depuis assez longtemps pour savoir combien vous êtes digne d'estime, et le respect que chacun vous porte à Boyle...

La demoiselle se rengorgea.

— Je vous ai toujours tenue moi-même pour une femme de bien, Mrs. Gneeves et de jugement impartial...

— Mais, comme vous ne l'ignorez pas, c'est moi qui ai élevé Egan O'Meara. Jamais il ne m'a paru témoigner de manières scandaleuses!

— Pourtant, l'impudique, il n'a pas craint de me demander de relever ma robe?

— Seigneur! Et pour quoi faire?

Miss O'Brien baissa pudiquement les paupières.

— C'est une question que je préfère ne pas me poser...

Exaspéré, O'Meara se mêla à la conversation.

— Je vais y répondre, moi, à votre question, Norah! Si j'ai prié cette demoiselle de bien vouloir relever sa robe ou l'enlever, c'est qu'elle m'a dit souffrir du ventre!

Furieuse, Eithne s'écria :

— Et alors? C'est une raison pour m'ordonner de me trousser comme une catin?

— Évidemment que c'en est une, de raison! De quelle façon pourrais-je vous ausculter si vous restez habillée?

— Vous entendez, Mrs. Gneeves, vous entendez?

Si ce n'est pas honteux! Ah! Il aura fallu que j'arrive à mon âge pour me voir traiter de la sorte et par un garçon que j'ai presque vu naître! Mais enfin, espèce de dégoûtant, pourquoi vous en prendre à moi?

Pour toute réponse, O'Meara empoigna un verre gradué qui se trouvait sur le bureau et le jeta avec rage sur le sol où il se brisa en mille morceaux. Ce geste de violence incontrôlé imposa un bref silence. L'oncle Owen, en robe de chambre, en profita pour entrer. Jovial, il remarqua :

— Dites donc, il est difficile de se reposer quand vous donnez vos consultations, Egan! Ah! Vous êtes là aussi, Norah? Qu'arrive-t-il donc?

On le mit au courant. Lorsqu'il eut entendu les deux partis, il adressa discrètement un signe d'intelligence à Egan avant de rendre sa sentence :

— Miss O'Brien, il ne faut pas tenir rigueur à mon neveu. Il arrive du Canada. C'est un excellent médecin, vous pouvez m'en croire, mais il n'est pas habitué à nos manières... Vous comprenez, là-bas, ils sont encore un peu sauvages, alors, forcément, on est obligé de les traiter avec... comment dirais-je... une certaine brutalité... On n'a pas de temps à perdre, le pays est si vaste...

Pendant qu'Egan se mordait les poings de fureur, Eithne — déjà vaincue — rétorqua d'une voix fort adoucie :

— Ce n'est tout de même pas une raison pour me manquer de respect!

— Je suis persuadée, Miss O'Brien, que le docteur O'Meara n'a jamais pensé à vous manquer de respect... Simplement, il s'est montré un peu trop... direct et je vous prie de lui pardonner?

— Soit... Mais c'est bien par amitié pour vous, docteur Dooling... Je n'ignore pas que je puis susciter quelque émotion chez les représentants du sexe masculin, mais vous voudrez bien dire à votre neveu que ce n'est pas ainsi qu'on s'y prend pour montrer à quelqu'un qu'il ne vous est pas indifférent... Je ne suis pas une Indienne, moi!

La tête dans le placard, Egan avait porté la bouteille de whisky à ses lèvres à seule fin de ne pas étrangler cette idiote d'O'Brien. L'alcool le rasséréna et quand il se retourna, il assista à la plus étonnante consultation qu'il ait encore jamais vue. Eithne expliquait les douleurs qu'elle ressentait, l'oncle Owen prenait l'avis de Norah puis demandait son opinion à Egan. On invoquait — au mépris du secret professionnel — les exemples de Mrs. Une telle ou de Mr. Un tel qui ressentaient les mêmes symptômes ou avaient été soignés pour des raisons apparemment analogues. Effaré, O'Meara n'en croyait pas ses oreilles. Naturellement, pas une seconde, il ne fut question de la moindre auscultation. Dooling donna son avis, Norah le sien et entraîné par les autres, Egan émit une opinion dont on ne tint d'ailleurs aucun compte. Miss O'Brien partit fort heureuse, munie d'une belle ordonnance. Sitôt que Norah et la visiteuse eurent quitté la pièce, le jeune homme s'emporta :

— Vraiment, mon oncle, je ne vous comprends pas! Cette femme est folle!

— Dans un certain sens, oui.

— Et vous entrez dans son jeu, vous flattez ses manies?

— Miss O'Brien est très écoutée à Boyle. Elle pourrait démolir votre clientèle en rien de temps!

— Mais enfin, si elle souffre vraiment du ventre, comment la guérir si l'on ne peut se rendre compte de ce qu'elle a?

L'oncle leva une main sentencieuse.

— Mon neveu, Miss O'Brien — ainsi que nombre de gens de sa sorte — ne demande pas à être guérie, mais à être soignée. Vous voyez ce que je veux dire? Je vous dresserai la liste de ceux et de celles que vous devez traiter de la façon dont j'ai traité Miss O'Brien. Maintenant, je remonte me coucher car je ne vais pas fort...

Un soir, appelé d'urgence auprès d'un vieillard qui mourait, O'Meara, en sortant de la demeure, s'entendit appeler dans l'ombre au moment où il rejoignait sa voiture.

— Egan...

Tout de suite, il sut que c'était elle. Lentement, il se retourna. Patsy le regardait, mais une Patsy qui ne ressemblait pas du tout à ce qu'il imaginait. Elle n'avait pas cet air effronté dont parlait Norah. Au contraire, une grande douceur lui baignait le visage autant qu'il en pouvait juger dans la clarté crépusculaire. Elle ne cessait de répéter d'une voix pleine de larmes :

— Egan... Egan... Egan...

Alors, perdant la tête, il la prit dans ses bras, lui couvrit la figure de baisers. Puis il entraîna la jeune femme dans sa voiture et là, de nouveau, l'embrassa passionnément. Lorsqu'il lui laissa reprendre son souffle, elle chuchota :

— Oh! Egan... Est-ce possible que vous m'aimiez toujours?

— Je vous aime depuis si longtemps, chérie!
— Malgré ma conduite?
— Nous n'en reparlerons jamais!
— Nous n'en parlerons...?
— Parce que vous allez quitter ce garçon, n'est-ce pas?
Elle secoua la tête :
— Ce n'est pas possible...
Il se raidit et s'écarta légèrement d'elle.
— Vous l'aimez?
— Moi? Je le déteste! C'est une brute! Oh! Egan... Il a fallu que je sois folle... J'étais tellement habituée à vous... que... que je ne me suis jamais rendu compte, jusqu'à ces derniers temps, combien je vous aimais... que je n'aimais, que je n'avais aimé que vous.
Au son de sa voix, il ne doutait pas qu'elle ne dît la vérité et qu'il n'eût retrouvé sa Patsy, la vraie, celle que personne d'autre que lui ne connaissait.
— Alors, pourquoi ne voulez-vous pas venir avec moi?
— Parce que j'ai peur de Chris... Et puis, Egan, l'opinion publique n'admettrait pas que vous m'épousiez... Je ne suis plus digne de porter votre nom... Et je... Je le regrette... mon chéri.
— Je ne tiens plus à rester à Boyle... Voulez-vous que nous partions tous les deux, Patsy?
— Pour aller où?
— Au Canada.
— Vraiment, Egan, vous voudriez encore de moi?
Pour toute réponse, il la serra très fort contre lui et ils convinrent d'un nouveau rendez-vous nocturne.

Dans les jours qui suivirent ses retrouvailles avec

Patsy, Egan se montra d'une humeur plus aimable et ce d'autant plus que son oncle semblait devoir se remettre. Il avait bien le cœur un peu serré à l'idée de l'abandonner ainsi que Norah Gneeves, mais il ne se sentait pas le courage de leur sacrifier Patsy. Simplement, n'envisageant pas de se sauver sans les prévenir, il se demandait de quelle façon il lui faudrait s'y prendre pour les mettre au courant sans leur porter un coup trop rude. L'occasion se présenta alors que O'Meara recevait la jolie Bridie Clongarre qui, contrairement à Miss O'Brien, ne demandait pas mieux que de se déshabiller. On la réputait de mœurs légères, bien qu'elle fût mariée depuis trois ans à un épicier dont la piété édifiait la population de Boyle qui le plaignait secrètement, mais l'admirait ouvertement. Bridie souffrait, elle aussi, du ventre, Egan instruit par l'expérience, hésitait lorsque sa cliente lui proposa :

— Alors, je me déshabille, docteur, pour que vous puissiez m'ausculter?

Egan soupira. Enfin une qui ne datait pas du siècle dernier.

— S'il vous plaît, Mrs. Clongarre... Si vous voulez passer derrière le paravent?

Bridie s'exécuta. Bientôt, elle annonça :

— Je suis prête, docteur.

— Je vous attends.

Et Bridie se montra complètement nue aux yeux stupéfaits d'O'Meara qui ne put que balbutier :

— Mais... Mais...

C'est alors que sans frapper, Norah Gneeves fit irruption dans le cabinet et demeura clouée à la vue de Bridie dans le plus simple appareil. Elle ne sut que murmurer :

— Ça, par exemple!

Mrs. Clongarre poussa un cri de surprise et tenta de voiler sa nudité. La gouvernante la rassura :

— Vous ennuyez pas pour moi, Bridie Clongarre, vous n'êtes pas la première que je vois dans cette tenue...

Se tournant vers Egan, elle questionna doucereusement :

— Elle souffre de la tête sans doute?

— Ce dont je souffre ne vous regarde pas?

Le docteur se porta au secours de sa patiente.

— Elle a raison Norah...

Mrs. Gneeves ricana :

— Bien sûr... Aussi peu vêtue que ça, une jolie femme a toujours raison!

— En tout cas, vous pourriez frapper avant d'entrer!

— Pas quand votre oncle est en train de mourir!

— De mourir?

Oubliant leur différend, ils se ruèrent hors du bureau, laissant Bridie Clongarre, dépitée et furieuse, se rhabiller.

Heureusement, ce n'était qu'une fausse alerte. Une piqûre de solucamphre remit le docteur Dooling en état de se cramponner à la vie. Il remercia son neveu et se rendormit paisiblement.

Redescendu avec la gouvernante, Egan ne cacha pas qu'il ne parvenait pas à s'accoutumer à l'existence d'un médecin à Boyle. Il aspirait à autre chose. Norah l'écoutait, la tête baissée, se perdre dans une argumentation hésitante. Très calme, elle s'enquit :

— Vous avez revu Patsy?

— Pour... Pourquoi me demandez-vous ça?

— Parce que vous avez beaucoup changé ces jours-ci, mon garçon. Vous connaissant comme je vous connais, je sais qu'un seul événement est susceptible de vous mettre dans un tel état... Vos retrouvailles avec celle qui fut ma nièce... Votre soudain désir de quitter Boyle, de nous abandonner votre oncle et moi... Je le répète, seule Patsy est capable de vous pousser à agir ainsi!

Il était tellement habitué à obéir à Mrs. Gneeves, qu'il ne songea pas à feindre plus longtemps.

— Je l'aime, Norah... Et je l'aimerai toujours...

— Et elle?

— Elle aussi... Elle me l'a dit!

— Elle a dû dire la même chose à Chris Lisgoold, sinon elle ne vivrait pas avec lui.

— Elle s'est trompée!

— Belle excuse!

— Ce n'est pas parce qu'elle a commis une erreur que Patsy n'est plus digne de respect!

— Alors, pour quelles raisons ne l'épousez-vous pas ici et n'en faites-vous pas la maîtresse de cette maison?

— Parce qu'à Boyle on a l'esprit étroit! Nous partirons au Canada où nul ne se souciera de notre passé! Nous oublierons tout ce qui a pu ne pas être très beau et nous serons heureux!

— Je le souhaite, mon garçon... Votre bonheur a toujours été mon but dans cette existence.

— Oh! Mummie! Je savais que je pouvais compter sur vous!

Ayant retrouvé sa confiance d'enfant, il lui révéla leur projet. Le samedi qui venait, Egan et Patsy profiteraient de ce que beaucoup de gens seraient à la réunion de boxe où devait combattre Sean Lackan, pour filer. O'Meara rangerait la voiture qu'il se proposait de louer à deux rues de celle où habitait Lisgoold. Lorsque Egan verrait ce dernier au match, il partirait discrètement, gagnerait son auto où Patsy le rejoindrait et hop! en route pour Shannon et le Canada. La voiture laissée dans un garage serait ramenée à Boyle, mais après que les amoureux seraient arrivés de l'autre côté de l'Atlantique.

— Qu'en dites-vous, Norah?

— Moi, je n'ai rien à en dire... C'est votre oncle... Il va mourir, n'est-ce pas?

— Oui.

— Dans combien de temps?

— Pas plus d'un mois.

— Vous ne voulez pas attendre pour lui laisser croire que vous prendrez sa suite? Pour lui fermer les yeux?

De même que lorsqu'il était gosse quand il s'entêtait à refuser d'obéir, O'Meara baissa le front.

— Patsy veut que nous partions tout de suite...

— Si vous êtes sûr de pouvoir vivre sans remords, mon garçon, cela vous regarde...

— Dès que mon oncle ne... enfin ne sera plus là... Je vous enverrai l'argent de votre voyage, Norah, et vous viendrez nous rejoindre.

— Je ne pense pas que cette éventualité soit du goût de ma nièce.

— Parce que vous continuez à la juger mal! Moi, je suis convaincu qu'elle sera bien contente... Et puis, un jour, quand tout sera oublié, nous reviendrons au pays!

La location de la voiture ne suscita pas d'histoire et parce qu'il s'agissait du neveu du docteur Dooling, le garagiste mit un point d'honneur à ne pas lui réclamer de caution, ce qui arrangeait bien les finances d'Egan. En revenant de conclure cette belle affaire, il entra au *Cygne couronné* pour se rafraîchir. Il était tellement content du marché qu'il venait de conclure qu'il ne prit pas garde au subit silence qui se fit dès son apparition. Il alla directement au bar et pria Caradice de lui servir un whisky, tout en lui demandant des nouvelles de son épouse qu'il n'avait pas encore eu l'heur de rencontrer depuis son retour à Boyle. L'air quelque peu en dessous, le patron répondit :

— Mrs. Caradice va bien, Mr. O'Meara, je vous en remercie! Elle est très sensible à l'intérêt que vous lui portez...

Baissant la voix, il ajouta précipitamment :

— Ne créez pas de scandale dans mon établissement, Egan O'Meara, je vous en prie au nom de notre amitié... J'ai eu des petits ennuis avec la police ces derniers temps et je ne tiens pas à la voir ici!

Le neveu du docteur Dooling faillit avaler de travers et s'étrangler. Pourquoi diable, Lennox Caradice supposait-il qu'il avait envie de susciter du scandale? Ce n'était pourtant pas dans ses habitudes! Jadis, peut-être, mais aujourd'hui...

— Allons, allons, Lennox, vous vous imaginez parler au gosse d'autrefois qui adorait la bagarre, ma parole?

Le regard fuyant, Caradice chuchota :

— Vous ne sentez donc pas que tout le monde vous observe?

Egan se retourna. Le dos au bar, il promena son

regard sur la petite salle. C'est vrai que tous le fixaient et que les conversations s'étaient arrêtées d'un coup. Il en prit conscience à retardement. Il revint au patron :

— Qu'est-ce qu'ils ont?

— Ils espèrent que vous allez vous battre!

— Me battre? Moi? Et pourquoi me battrais-je, sacré nom d'un chien?

— Parce que Chris Lisgoold est là... Partez, Egan O'Meara, partez, je vous le demande en ami?

Egan hésita. Il eût préféré ne pas savoir à quoi ressemblait celui qui avait tenu Patsy dans ses bras, mais il ne pouvait plus reculer sous peine de passer pour un lâche. Il s'excusa auprès de Caradice :

— Ne m'en veuillez pas, Lennox, mais je ne puis agir autrement...

Faisant de nouveau face à la salle, il s'enquit d'une voix forte :

— Il paraît que Chris Lisgoold est là?

Un frisson d'intérêt parcourut les tables. Lentement, un grand gaillard se leva et répondit sur le même ton :

— Je m'appelle Chris Lisgoold.

— Je suis content de vous rencontrer pour vous assurer que je vous tiens pour un parfait salaud.

Un murmure d'approbation courut en écho à l'insolente affirmation d'Egan. Sans se presser, Lisgoold quitta sa place et s'approcha de son insulteur.

— C'est à cause de Patsy Lackan que vous m'insultez?

— Oui, car il faut être un homme sans honneur pour agir comme vous l'avez fait!

Lisgoold ricana :

— Vous vous figurez que je l'ai enlevée, peut-être?

Elle est majeure, vous savez? Et c'est son droit de préférer les vrais hommes aux types de votre espèce qui ne sont capables que de soupirer!

Le poing d'O'Meara en s'écrasant sur sa bouche lui coupa la parole. Ce fut une belle bagarre où le neveu de l'oncle Owen, retrouvant son ardeur d'autrefois, se battit avec une allégresse joyeuse. Chris était un costaud. Un merveilleux combat en vérité, mais O'Meara plus habile portait des coups plus décisifs. Caradice invoquait saint Patrick, le suppliant de ne point amener le sergent Seamus Coppeen dans les parages. Au bout d'un quart d'heure, sur une droite qui le frappa au menton, aussitôt suivie d'un crochet du gauche qui l'atteignit au foie, Lisgoold roula au sol, évanoui. On acclama Egan O'Meara. Un vieux qui vendait des journaux, tapa familièrement sur l'épaule du vainqueur :

— A votre place, après ce qu'il vous a fait, je l'aurais tué!

O'Meara haussa les épaules.

— Pourquoi? C'est vrai ce qu'il a dit... Il n'a pas enlevé Patsy de force, hein? En toute logique, si je devais tuer quelqu'un au nom de mon honneur, ce serait Patsy Lackan qui m'avait engagé sa foi!

Le vieux médita un instant, se gratta longuement le crâne et conclut :

— Vous avez peut-être raison mais ce sont là des choses qui ne se disent pas...

***

Contrairement à toute attente, Norah Gneeves — le samedi venu — ne protesta pas, ne gémit point lorsqu'elle vit « son » garçon préparer ses bagages. Elle lui donna même un coup de main pour l'aider à les transporter discrètement dans la voiture louée qui stationnait devant la porte. Cette espèce d'indifférence, si elle rassurait O'Meara, le choquait un peu tout de même. Quand il était revenu du *Cygne couronné* avec la figure marbrée de coups, Mrs. Gneeves n'avait ni crié, ni grondé. Elle s'était contentée de remarquer en souriant :

— Eh bien! voilà qui nous rajeunit quelque peu!

En dépit de son mal dont il n'ignorait pas l'issue inéluctable, l'oncle Owen manifesta le plus vif plaisir en constatant que son neveu était demeuré un bon Irlandais, comme en témoignaient ses plaies. D'une voix un peu oppressée par toute l'eau dont son corps regorgeait, il avait demandé :

— Quelqu'un vous a déplu, Egan?

— Chris Lisgoold.

— J'espère que vous l'avez laissé par terre?

— Il n'avait pas repris connaissance lorsque j'ai quitté le *Cygne couronné*.

— Du bon travail, mon neveu... Votre clientèle va être rassurée... et moi je m'en irai plus tranquille.

Que la clientèle d'un médecin eût davantage foi en la science du praticien parce qu'il se révélait un solide cogneur, avait de quoi étonner un esprit moins pointilleux que celui d'Egan O'Meara mais il pensait trop à son oncle et à sa terrible déception quand il apprendrait son départ, pour se préoccuper d'autre chose. Il avait honte. Quoiqu'il refusât de se l'avouer, le remords commençait déjà à le tenailler.

La nuit venue, Norah Gneeves accompagna Egan jusqu'à la porte. Bouleversé, il ne savait que lui dire.

Ce fut elle qui, placée devant le désarroi de « son » garçon, comme jadis, prit la direction des opérations.

— Alors... Vous vous rendez au match de boxe?

— Oui, j'attendrai que le combat de Sean soit commencé pour m'esquiver... Dans une heure et demie environ... Norah... Je vous aime beaucoup... Je voudrais que vous en soyez persuadée...

— Je le suis, mon petit.

— J'aurais moins de chagrin si vous me promettiez de venir me rejoindre quand je vous appellerai?

— Je vous le promets.

— Pour mon oncle... Essayez de lui expliquer... Dites-lui que j'ai le cœur lourd de l'abandonner... Que je sais commettre une mauvaise action... mais que je ne peux pas renoncer à Patsy et... rester à Boyle, c'est renoncer à elle...

— Je lui expliquerai, Egan... De toute façon, le docteur ne portera pas sa peine bien longtemps, maintenant...

Elle l'embrassa longuement.

— Bonne chance, mon garçon...

Egan conduisit sa voiture dans la rue dont il était convenu avec Patsy et gagna la réunion de boxe. Il prit un billet bon marché mais qui lui permettait d'occuper une place bien en vue, près de la porte. Quand il arriva, il s'en manquait encore d'une bonne demi-heure que débutât le match de Sean Lackan contre le champion du comité de Sligo. O'Meara regarda autour de lui et ne reconnut personne. Il s'en félicita. Il suivait, sans y prêter grand intérêt, un combat de poids légers lorsqu'une main se posa sur son épaule tandis qu'un corps lourd prenait place près de lui. C'était le sergent Seamus Coppeen.

— Pourquoi vous êtes-vous mis là parmi les fauchés, doc'?

— Je préfère ne pas rencontrer mes amis... Ils voudraient m'inviter à boire et comme je ne pourrais refuser sans les blesser, ce serait une belle cuite en perspective!

— Ouais... A propos, paraît que vous avez flanqué une dérouillée à Chris Lisgoold?

— J'y étais obligé, sergent...

— Je ne devrais pas vous l'avouer, mais ça m'a fait plaisir de l'apprendre. J'avais peur que vous vous soyez gâté, là-bas, chez les Canadiens... Et cette bataille, à propos de Patsy Lackan, bien sûr?

— Bien sûr.

— Vous y tenez toujours à cette personne?

— Non... Elle a pris son chemin, ce n'est pas le mien, je le regrette mais je n'y peux rien...

— Belle sagesse, doc'... Seulement vous vous êtes quand même battu pour Patsy Lackan.

— Non, sergent, pour l'honneur!

Le gros sergent envoya une formidable claque dans le dos de O'Meara.

— Voilà la façon dont j'aime entendre parler un garçon du vieux pays? Ah! Un conseil, doc'... J'ai vu Chris Lisgoold... Il est assis au milieu des gars de Sligo et il porte une veste qui vous arrache les yeux! N'allez pas dans ce coin, hein! La bataille, ce soir, c'est sur le ring. D'accord?

— D'accord, sergent.

Seamus Coppeen reprit sa ronde dans les promenoirs pour intervenir au cas où des excités voudraient se prouver à coups d'arguments frappants, la prééminence de celui dont ils défendaient les couleurs.

Lorsque Sean Lackan, accompagné de son frère Kevin, monta sur le ring, une ovation fantastique emplit la salle mais lorsque le boxeur de Sligo se présenta à son tour les acclamations saluant son entrée trahirent, de la part de ses supporters, un enthousiasme au moins égal à celui des amis de Sean. Egan souhaita la victoire de son copain d'enfance et, profitant de ce que l'attention générale se concentrait sur les préparatifs du grand combat, il se glissa dehors.

Dans moins d'un quart d'heure, Patsy serait au rendez-vous. Son cœur battait la chamade. Une existence nouvelle commençait pour lui, une existence dont il attendait tout, parce qu'elle correspondait à un rêve depuis toujours caressé.

CHAPITRE II

Egan rêvait qu'il avait emmené Patsy aux chutes du Niagara et qu'elle poussait des cris d'émerveillement; elle les poussait d'ailleurs avec tant de conviction que le jeune médecin finit par se réveiller. Il fut un temps avant de se situer et de comprendre qu'il ne se trouvait pas à l'hôtel en face des chutes du Niagara mais tout simplement dans sa chambre. Les cris étaient ceux d'enfants qui passaient sous sa fenêtre, et qui dépensaient leur trop-plein d'énergie avant de gagner l'école. Presque immédiatement Egan eut mal partout. Ayant ramené ses mains près de son visage, il constata qu'elles étaient enflées. Il n'eut pas besoin d'aller se contempler dans la glace pour deviner que sa figure ressemblait à tout, sauf à un visage humain. Aussitôt une grande douleur morale — en contre-pied — le submergea, estompant ses souffrances physiques. Maintenant, il se souvenait de tout. Avec sa peine, il retrouvait la mémoire et savait que dorénavant, ce chagrin deviendrait pour lui un compagnon fidèle qui ne le quitterait jamais. Soucieux de retarder le plus possible sa reprise de contact avec un monde sans intérêt pour lui puisque Patsy n'y marcherait pas à ses côtés, O'Meara ferma les yeux, se renfonça sous ses couvertures et tenta de se rendormir pour oublier, mais il ne pouvait plus oublier. Comme déclenché par un appel automatique, le film de la soirée défila sur l'écran de sa mémoire.

Egan n'avait que cinq minutes d'avance en arrivant à l'endroit où sa voiture stationnait tous feux éteints. Il s'était installé au volant, tâchant de se tasser le plus possible sur le siège afin de n'être pas reconnu et encore moins interpellé par quelque passant attardé. Il est vrai que le risque était léger, la majorité de la population de Boyle — du moins celle qui fût en âge de connaître suffisamment O'Meara pour lui adresser la parole — se trouvant au match de boxe. Quant aux femmes, il ne relevait point de leurs habitudes de sortir la nuit. Lorsque l'heure du rendez-vous eut sonné, Egan se pencha en direction de la rue par où Patsy devait arriver avec ses bagages. Dix minutes plus tard, O'Meara tendait toujours le cou sans pour autant voir apparaître sa bien-aimée. Il ne s'inquiéta pas tout de suite. Mais lorsque le quart d'heure eut passé sans que Patsy se fût montrée, le neveu de l'oncle Owen commença à se tourmenter. Patsy savait qu'il fallait absolument filer pendant que Chris assistait au match, et ce match risquait de ne plus durer très longtemps. Peut-être même était-il terminé sur un K.O. ?

N'y tenant plus, méprisant toute prudence, Egan sauta de sa voiture et courut vers la maison qu'habitait Lisgoold. Dès l'abord, il fut frappé de voir qu'aucune lumière n'y brillait, en dépit des volets ouverts. Il n'était pas pensable que Patsy bouclât ses valises dans l'obscurité! Au point où il se trouvait, il n'avait plus à se soucier de précautions à prendre et il sonna, sonna, resonna, sans susciter le moindre bruit en réponse. Il lui fallait se rendre à l'évidence : il n'y avait personne. Qu'est-ce que cela signifiait? Il tenta de chercher toutes les excuses possibles à la défection de Patsy mais il ne parvenait pas à se tromper lui-même : Patsy redoutait l'aventure... Peut-être aussi n'avait-elle pas eu assez confiance en lui ou en elle? Rien d'impossible non plus à ce qu'elle eût refusé de l'obliger à lui sacrifier sa vie, vu la manière dont elle s'était conduite? Quoi qu'il en fût, c'était raté, fichu. Dans son désarroi, Egan se félicita de n'avoir pas dit adieu à son oncle... Pour Norah il savait qu'elle ne songerait qu'à le consoler.

Tout entier à son chagrin du beau rêve envolé, O'Meara ne prêtait pas attention à ce qui se passait autour de lui, et en sortant du petit jardin précédant l'entrée de la maison où vivait Patsy, il se heurta assez violemment à une femme qu'il faillit envoyer s'étaler sur le trottoir. Aussitôt, il se confondit en excuses et miss O'Brien — car c'était elle — le reconnaissant, s'écria :

— Dieu quelle peur, docteur! J'ai cru tout de bon être assaillie par un de ces détraqués qui profitent de la nuit pour tenter d'assouvir des passions honteuses. Notez que je ne rentre jamais chez moi si tard, mais ce soir M. le curé devait prendre une décision en ce qui concerne la jeune fille la plus méritante de notre ville. Grâce au ciel, les candidates ne manquent pas! Savez-vous, docteur, que j'ai été moi-même choisie dans ma jeunesse?

— Non, et je m'en fous!

Exaspéré par ce bavardage imbécile, O'Meara planta là Miss O'Brien et s'en fut à grands pas. Longtemps, les imprécations de la vieille fille le suivirent. Il s'évada même un instant de sa peine en songeant qu'il venait de perdre une cliente. Ayant retrouvé sa voiture, il retourna vers la salle de boxe où il gara son auto dans les environs immédiats.

On abordait le septième round lorsque O'Meara reprit sa place. Les deux combattants étaient sérieusement marqués. Au cours des échanges qui suivirent, Egan se rendit compte que si son copain Sean s'affirmait musculairement plus fort que son adversaire, celui-ci boxait beaucoup mieux. La seule chance de Lackan se résumait à mettre le champion de Sligo hors de combat. Il ne paraissait pas en prendre le chemin, et les supporters de Sean, s'en persuadant au fil des minutes écoulées, se taisaient, alors que leurs rivaux voyant se dessiner la victoire aux points de leur homme, se déchaînaient.

Pendant la minute de repos qui suivit, un spectateur s'approcha du ring, appela l'arbitre qui se pencha sur les cordes pour l'écouter :

— Vous espérez repartir ce soir, monsieur l'arbitre?

— Naturellement! Tout de suite après le match.

— Je ne crois pas que ce soit possible.

— Et pourquoi?

— Parce que si le gars de Sligo gagne, vous ne retrouverez sûrement pas votre voiture ou alors en pièces tellement détachées que ce sera plus simple de les ramasser avec une pelle!

— Non mais, dites donc, vous! Des menaces?

— Oh! monsieur l'arbitre, comment pouvez-vous

penser une chose pareille? Simplement un conseil... Vous avez sûrement une femme... des enfants...?

— Et alors?

— J'espère qu'on sait où les joindre?

— Et pour quelles raisons voudrait-on les joindre?

— Pour les inviter à venir vous voir à l'hôpital... au cas où Sean Lackan ne serait pas déclaré vainqueur.

Avant que l'arbitre fût remis de sa surprise, l'autre s'était éclipsé et le coup de gong annonçant la reprise du combat, empêcha le referee de signaler les menaces dont il venait d'être l'objet. Préoccupé, Jack Dromin — c'était son nom — se mit à commettre de grosses fautes d'arbitrage. Sous la tempête de cris, d'injures, déclenchée par ses décisions intempestives, il s'affola et se montra de plus en plus mauvais. Il laissa Sean frapper son adversaire dans les reins. Il permit au champion de Sligo de donner un coup de genou pour se dégager. De tous les côtés on hurlait, on s'injuriait, on se défiait. Déjà, des pugilats débutaient çà et là dans la salle, déjà le sergent Seamus Coppeen commençait à se demander de quelle façon il allait devoir s'y prendre pour empêcher un massacre général.

Sur le ring, on assistait à une véritable bataille de rue sous l'œil indifférent de Jack Dromin qui ne pouvait détacher sa pensée de sa femme et de ses enfants à qui il risquait de manquer si ces sauvages mettaient leurs menaces à exécution. Affolé, pour essayer de retrouver un peu de sang-froid, il mit la main à sa poche-revolver et en sortit un flacon de whisky qu'il porta à ses lèvres. A Boyle, ce geste n'aurait rien eu de scandaleux en soi, tant il est vrai que le whisky est la seule panacée connue, mais un spectateur indigné se leva et montrant l'arbitre du doigt, dans le silence général que son geste inattendu suscita, hurla :

— C'est un traître! Il boit du whisky anglais!

Unis dans une même réprobation, les gens de Sligo et ceux de Boyle poussèrent un même cri d'horreur qui rappela le mugissement profond de la mer en fureur. Ce vacarme terrifiant acheva d'affoler Jack Dromin, subitement persuadé qu'il ne reverrait plus Pegeen et les enfants. Alors, il décida — au risque de forfaire à l'honneur — de se sauver à tout prix. Au même instant, le boxeur de Sligo cueilli au foie par un coup extrêmement vicieux, mit un genou à terre pour récupérer. Aussitôt, l'arbitre se mit à compter :

— 1... 2... 3... 4... 5 et 5, 10! Out!

Sans perdre une seconde et dans la stupeur générale (car personne ne réalisait exactement ce qui venait de se passer) Jac Dromin empoigna le bras de Sean Lackan, le leva et cria :

— Sean Lackan, vainqueur!

Puis, d'un bond, il courut se réfugier parmi les supporters de Boyle qui l'acclamèrent. Sur le ring, le champion de Sligo frustré d'une victoire quasi assurée, mugissait de rage et tenait à reprendre le combat. Mais, des renforts arrivèrent aux deux boxeurs, et bientôt, entre les cordes, ils se trouvèrent une vingtaine à se bourrer de coups. Dans la salle, c'était une mêlée générale. Bien qu'il estimât à sa juste valeur la trahison de Jack Dromin, Egan se sentait dans un tel état d'énervement qu'il ne put se tenir d'envoyer son poing dans la figure du premier type qui, près de lui, injuria l'arbitre. Il cognait pour se venger de l'abandon de Patsy, il cognait pour ne plus penser à ses espérances mortes, il cognait pour tenter d'oublier qu'elle lui préférait Chris Lisgoold, et plusieurs, cette nuit-là, se firent pocher un œil ou casser une dent, sans se douter qu'ils devaient ces blessures à la conduite d'une fille dont ils ignoraient l'existence. Deux ou trois fois, O'Meara roula au sol sous des coups pris de plein fouet, mais il se relevait avec une rage accrue, une lueur meurtrière dans le regard. Tous ceux qui se présentaient devant lui n'étaient à ses yeux que l'image indéfiniment répétée de Chris qui lui avait volé celle qu'il aimait.

Bien qu'il eût rameuté toutes les forces de police disponibles, le sergent Coppeen ne parvenait pas à rétablir l'ordre. En quelques minutes sa dizaine d'agents fut engloutie dans la bataille. Lui-même reçut un coup de poing qui l'envoya sur le derrière. Soudain, du haut-parleur un cri d'angoisse jaillit :

— Attention ! Attention ! Un homme vient de mourir !

Alors, en une seconde, le calme régna... Un homme venait de mourir, et celui qui annonçait cette nouvelle était au-dessus de tout soupçon puisqu'il s'agissait du Père O'Donoghue. Un homme mort... Sans doute, avait-il succombé dans la bagarre. Dès lors chacun, fuyant ses responsabilités, ne songea plus qu'à regagner sa demeure. Dans le haut-parleur, tandis que la salle se vidait, le curé réclamait un médecin. Seamus Coppeen se souvenant de la présence d'O'Meara s'en fut le dénicher, privé de sentiment, sous deux ou trois gars de Sligo qu'il obligea à se lever à grands coups de pied dans les fesses. Puis, se penchant, il empoigna Egan et le mit debout, tout en le secouant :

— Eh bien ! doc ! On a des faiblesses ?

— Fou... Foutez-moi la paix...

— Impossible ! Il faut un médecin, il y a un mort !
— Suis pas médecin officiel de... de la réunion... C'est le vieux Frank Clogh.
— Je sais mais je ne peux pas l'appeler.
— Pourquoi ?
— Parce que c'est lui le mort !
A la vérité, Frank Clogh était prosaïquement mort d'un infarctus du myocarde, mais le Père O'Donoghue n'avait pas jugé bon de le préciser, afin d'affoler les combattants et de calmer leurs ardeurs guerrières. Sa pieuse ruse réussit parfaitement.

*
* *

Norah Gneeves que rien ne semblait devoir jamais prendre au dépourvu, n'avait pas marqué une grande surprise en ouvrant la porte à Egan. Elle s'était contentée de demander :
— Vous avez changé d'avis ?
— Pas moi, elle...
Elle s'abstint de tout commentaire, devinant que ce n'était pas le moment de se féliciter du nouvel abandon de Patsy Lackan. Pour éviter un silence pénible, elle avait abordé un autre sujet :
— Si j'en juge par votre figure, vous n'avez pas dû passer une soirée paisible ?
— Je me suis rendu au match de boxe.
— J'ignorais que vous fussiez engagé dans le combat.
Il ne répondit pas, n'étant pas d'humeur à plaisanter.
— Je crois que j'agirais sagement en défaisant mes

valises... Vous n'avez pas averti l'oncle de mon départ?

— Non.

Il poussa un soupir de soulagement.

— Tant mieux!

Elle l'avait aidé à vider la voiture, puis à se déshabiller, avant de lui offrir de prendre quelque chose, de lui mettre de la pommade sur la figure, de laver ses plaies, de les désinfecter et, à l'aide de mercurochrome et de sparadrap, de réparer dans la mesure de ses moyens, les dégâts causés par le chauvinisme sur le visage de « son » garçon. En dépit de son refus, elle l'avait forcé à boire une infusion de tilleul et à prendre deux comprimés d'un somnifère léger. Cela fait, elle était sortie de la chambre dont elle avait refermé soigneusement la porte avant de gagner celle du docteur Dooling qu'elle avait entrouverte en s'efforçant de déclencher le moins de bruit possible. La voix toujours un peu haletante de l'oncle s'était élevée dans l'ombre.

— C'est sa voiture que j'ai entendue, Norah?

— Oui.

— Il est là?

— Il s'est couché.

— Que vous a-t-il raconté?

— Que Patsy n'est naturellement pas venue à leur rendez-vous.

— Qu'en pense-t-il?

— Il ne m'en a pas parlé mais je crois que cette fois, il finira par s'en consoler.

— Espérons-le, Norah.

— J'en suis sûre! Tout est en ordre, docteur, vous pouvez vous reposer...

Elle perçut un petit rire bref aux échos rouillés.

— Je n'ai pas du tout envie de me reposer maintenant, Norah, car dans quelque temps, je vais être obligé de me reposer et pour un sacré bout de temps.

Egan O'Meara n'était pas encore levé lorsque le sergent Seamus Coppeen sonna à la porte du docteur Dooling. A Norah qui lui ouvrit, le policier expliqua :

— Mrs. Gneeves, j'ai une commission embêtante pour vous...

— Ah?

— Ouais... Et même, à y bien réfléchir, c'est deux commissions embêtantes que je dois vous transmettre.

La gouvernante prit alors le sergent par le bras.

— Dans ce cas, entrez vite, Seamus, sinon ce sera une demi-douzaine de commissions embêtantes que vous aurez à me confier!

Elle l'introduisit dans le salon d'attente où les clientes se rassembleraient au début de l'après-midi pour commenter leurs misères physiques avant de les énumérer au médecin.

— Et maintenant, Seamus, si vous me confiiez ce que vous avez sur le cœur?

Le gros policier, assis sur la pointe des fesses, tournait son chapeau entre ses doigts. Norah se porta à son secours.

— C'est si difficile que ça?

— Il s'agit de votre nièce, Mrs. Gneeves.

— Ma nièce? Laquelle?

— Patsy Lackan...

— Patsy? Qu'est-ce qu'elle a encore inventé cette dévergondée?

— Mrs. Gneeves! Ne prononcez pas des paroles que vous regretteriez!

— Que je regretterais, moi? Alors là, permettez-moi de rire, Seamus Coppeen! Une fille qui est le déshonneur de notre maison? Et vous voudriez que je la traite avec respect?

— Le respect dû aux morts, Mrs. Gneeves.

— Le respect dû...?

Elle le regarda bien dans les yeux, et lentement :

— Est-ce que vous insinueriez que Patsy est...?

— Oui, Mrs. Gneeves, Patsy Lackan est morte cette nuit.

Norah n'était point de ces femmes qui gémissent pour un oui ou pour un non, et moins encore de celles qui s'évanouissent dès que quelque chose de grave survient dans leur existence. Lentement, elle s'assit sur une chaise, en face du policier, incapable de prononcer un mot, ses grandes mains posées à plat sur son tablier. Seamus, sans trop en deviner la raison, se sentit ému par ces mains que les tâches journalières avaient déformées. Il murmura :

— Je compatis, Norah Gneeves... Et de tout cœur parce que j'ai une grande estime pour vous...

— De quoi est-elle morte?

Le policier se tortilla sur sa chaise.

— Eh bien! voilà... On l'a étranglée.

— Ce n'est pas possible?

Elle s'était dressée et le sergent l'imita, plus posément.

— Hélas! oui... Son... Enfin, le garçon avec qui elle vivait, Chris Lisgoold l'a découverte en rentrant de la réunion de boxe hier soir.

Norah soupira :

— Pauvre Patsy... Elle aura eu une mauvaise mort comme elle a eu une mauvaise vie... Qui l'a tuée?

Seamus haussa les épaules.

— C'est justement ce qu'on ne sait pas... Le commissaire Mike O'Hagan s'occupe de découvrir le meurtrier... Je l'aide du mieux que je puisse, mais ce sont là des histoires qui nous dépassent un peu, pour ne rien vous cacher...

— Ils sont avertis, à la ferme?

— Ouais... Votre frère, il a dit comme ça que cette Patsy ne l'intéressait pas... qu'il avait eu autrefois une fille de ce nom... mais qu'il ignorait ce qu'elle était devenue et qu'il ne voulait pas le savoir... Pas très catholique, hein, Mrs. Gneeves, l'attitude de votre frère?

— Tomas agit selon sa conscience, sergent... Votre seconde commission, c'est encore une mort?

— Dans un certain sens, oui.

— C'est donc un véritable massacre qui a eu lieu cette nuit?

— Non, puisque le vieux Frank Clogh est mort de mort naturelle d'après ce qu'a assuré le jeune O'Meara... Un arrêt du cœur si j'ai bien compris.

— Il avait près de quatre-vingts, il me semble?

— Soixante-dix-neuf.

— Alors, il avait fini son temps!

— D'accord, Mrs. Gneeves, seulement il était médecin légiste...

— Et puis après?

— Il y a eu meurtre sur la personne de Patsy Lackan. Nous devons procéder à l'autopsie.

— Pourquoi?

— Parce qu'elle porte une plaie à la tête, produite par un instrument contondant... Nous devons savoir, le commissaire et moi, si ce coup était de nature à donner la mort, et, dans l'affirmative, s'il a été porté avant qu'on étrangle Patsy...

— Pour quelles raisons, ces histoires?

— Pour savoir qui le juge devra envoyer à la potence, au cas où ce ne serait pas la même personne qui aurait étranglé et frappé Patsy. Mrs. Gneeves, le docteur Clogh étant décédé, nous n'avons plus personne pour pratiquer l'autopsie... Vous comprendrez qu'on ne peut pas demander ça au docteur O'Meara... Tout le monde est au courant de ses sentiments pour la défunte...

— Des sentiments anciens que la conduite de ma nièce a tués!

— Ouais... Bref, le commissaire a jugé que ça ne serait pas humain de demander au docteur O'Meara de découper cette pauvre fille en morceaux... Sans compter que ce ne serait pas très correct... N'est-ce pas?

— Il me semble, en effet... Et alors?

— Alors, je suis venu voir si le docteur Dooling serait en état de...

La gouvernante l'interrompit sèchement.

— Pas question! Le pauvre n'en a plus pour longtemps...

— A ce point-là?

— Une question de jours, sergent.

— Dans ces conditions, nous allons appeler le médecin légiste de Sligo ou celui de Roscommon, s'il veut bien se déranger... Au revoir, Mrs. Gneeves... Avec mes condoléances, hein?

Le policier parti, Norah hésita un instant puis, pensive, monta l'escalier et frappa à la porte de la chambre d'Owen Dooling. Le docteur ne dormait pas.

— Bonjour, Norah... J'ai passé une mauvaise nuit... Lorsque Egan sera réveillé, vous lui demanderez de venir me voir... J'aimerais bien qu'il me fasse une piqûre...

La gouvernante prit place dans l'unique fauteuil de la pièce.

— Il y en a qui ont passé une plus mauvaise nuit, docteur... Patsy Lackan, par exemple...

— Votre nièce? Que lui est-il arrivé?

— On l'a assassinée.

— Non?

— Si!

— La pauvre gosse... J'espère qu'elle n'a pas souffert.

— Qui peut dire?

— Est-ce qu'on sait comment...?

— Justement pas... Elle a peut-être été étranglée, peut-être assommée... C'est le médecin légiste de Sligo ou celui de Roscommon qui décidera.

— Et pourquoi pas Clogh?

— Parce qu'il est mort, cette nuit, lui aussi.

— Eh bien! dites donc, Norah, je ne pars pas seul!

Plus que tout pronostic ou diagnostic, ce détachement en face de la mort des autres, persuada la gouvernante que le docteur Dooling arrivait au bout de sa route.

— Norah... Egan est-il au courant?

— Pas encore.

— Allez-y doucement, hein?...

Il parut réfléchir un instant, puis :

— Il souffrira mais il restera à Boyle... En somme, sans s'en douter, la pauvre Patsy, par sa mort, aura racheté les erreurs de sa vie.

Ainsi qu'il fallait s'y attendre, la nouvelle du meurtre de Patsy Lackan se répandit comme une traînée de poudre dans Boyle. Sur le seuil des maisons, dans les bars, dans les ateliers, les magasins, les bureaux on ne s'entretenait que de ça. Naturellement, chacun avait un coupable à proposer à la vindicte publique. Le nom d'Egan O'Meara était celui qui revenait le plus communément sur les lèvres. Lennox Caradice, derrière son comptoir du *Cygne couronné,* refusait de répondre aux questions des consommateurs touchant la bagarre qui avait mis aux prises Egan et Chris dans son établissement. Il refusait de répondre, d'abord parce qu'il ne voulait pas — fût-ce de très loin — être mêlé à une histoire de meurtre, ensuite parce qu'il n'admettait pas qu'on pût soupçonner un médecin de se conduire comme un voyou, enfin, sous l'influence de sa femme Maureen, il trouvait complètement imbécile d'envisager qu'un homme aimant Patsy Lackan autant que O'Meara l'aimait, l'eût assassinée. Si un docteur n'est pas un individu de sang-froid, qui le sera? Lennox Caradice, homme posé et de traditions bourgeoises, n'acceptait pas semblable anomalie.

Parce que Norah ne se sentait pas le courage de le prévenir, Egan O'Meara fut le dernier à apprendre la mort de Patsy Lackan. C'est en s'asseyant à la table de breakfast que le jeune médecin remarqua le visage bouleversé de la gouvernante.

— Ça ne va pas, Norah?

Au lieu de répondre, elle se mit à pleurer. La chose était si extraordinaire qu'Egan bouleversé, pensa immédiatement à son oncle. Il se leva, très pâle et posant sa main sur le bras de Mrs. Gneeves, chuchota :

— Il... Il est mort?

Elle secoua la tête.

— Alors? Qu'avez-vous? Qu'est-ce qui vous met dans un état pareil?

— C'est... C'est Patsy...

— Il la regarda, incrédule.

— Patsy?

— Elle est morte, cette nuit.

— Morte!

O'Meara se cramponna au dossier de sa chaise. Tout tournait autour de lui. Patsy morte... Comment était-ce possible?

La gouvernante oubliant son propre chagrin pour ne penser qu'à la peine de son garçon, le prit dans ses bras.

— Courage, Egan... Vous ne pouvez plus rien pour elle.

— C'est pour cela qu'elle n'est pas venue à notre rendez-vous...

— Oui, mon petit.

— Autrement, elle ne m'aurait pas manqué de parole, j'en suis sûr!

— Moi aussi.

Il ne pleurait pas parce qu'au fond, tout au fond de lui-même, il ne croyait pas à la mort de Patsy.

— Mummie... De quelle façon est-elle...?

Elle le serra un peu plus fort contre elle et lui murmura dans l'oreille :

— On l'a tuée.

Il se dégagea brutalement.

— Qu'est-ce que vous dites? Qu'est-ce que vous avez dit?

— Quelqu'un l'a étranglée, cette nuit.

— Étranglée? Mais pourquoi? Pourquoi?

Elle haussa les épaules pour montrer son incapacité à répondre à cette réponse. Lui, il affirma d'une voix tremblante :

— On l'a tuée pour l'empêcher de me rejoindre...

— J'étais seule au courant.

Exalté, il s'écria :

— Mais Lisgoold l'a peut-être forcée à avouer nos projets et comme elle ne voulait pas renoncer, il l'a assassinée! Je suis sûr que c'est ça! Je vais aller leur dire!

— A qui?

— Aux policiers!

— Et vous leur raconterez en même temps que vous étiez sur le point de vous enfuir de Boyle avec Patsy? Qu'est-ce que vous croyez qu'ils penseront? Sans compter que ce n'est pas à vous, Egan, de dénoncer votre prochain... Laissez agir Seamus Coppeen et Mike O'Hagan, ils n'ont l'air de rien mais ils connaissent leur métier. Si c'est Chris Lisgoold qui a tué ma nièce, je suis certaine qu'ils le mèneront au gibet.

Maintenant, la réaction se faisait sentir et O'Meara se laissa aller sur sa chaise puis, la tête dans ses mains, il pleura. Doucement, Mrs. Gneeves lui caressait les cheveux.

— Mummie, je suis sûr qu'elle m'aimait!

— Oui, mon garçon...

— Nous aurions recommencé notre vie là-bas, elle

aurait été une bonne épouse... Personne ne la connaissait comme moi!

— Oui, Egan...

— Mummie... Pendant que je l'attendais, on était peut-être en train de la tuer!

— Essayez de ne plus penser à cela.

— Dire que je suis allé jusqu'à sa porte, que j'ai frappé... Je me suis mis en colère parce qu'elle ne répondait pas... Elle ne pouvait pas répondre, ma pauvre Patsy... Elle ne pouvait pas répondre...

— Il faut absolument vous reprendre, Egan... Patsy est morte... Désormais, elle ne souffre plus... Notre rôle est de penser d'abord à ceux qui vivent encore... Votre oncle souffre beaucoup... Il paraît qu'il a passé une méchante nuit...

— Lui aussi...

— Oui, mais il continue à souffrir...

— Il sait, pour Patsy?

— Oui... Il n'a pas voulu que je vous réveille pour le soigner.

O'Meara se dressa pesamment.

— Ça va... je monte le voir.

En l'écoutant grimper l'escalier d'un pas lourd, Mrs. Gneeves comprit que désormais Egan ne s'appartenait plus. La médecine le tenait.

Seamus Coppeen marchait la tête baissée, sachant que tous ceux qui le croisaient, souhaitaient lui demander son avis sur le meurtre de Patsy Lackan, et il ne devrait pas en parler, d'abord parce qu'il était policier et qu'un policier honnête ne discute pas d'une enquête en cours, ensuite parce que la mort de Patsy le bouleversait quelque peu. Regardant le pavé pour ne pas voir les gens qui lui faisaient des signes d'amitié, Seamus songeait qu'autrefois, il avait fréquenté un moment Maeve Lackan — qui s'appelait alors Maeve O'Callaghan — et que peut-être si les choses s'étaient passées comme il l'avait espéré en ce temps-là, il aurait eu une fille de l'âge de Patsy. Sous ses apparences de colosse au poil gris, Coppeen possédait un cœur toujours disposé à s'attendrir sur les malheurs des autres. Au fond, cette Patsy dont tout le monde disait tant de mal, il se persuadait qu'il n'y avait pas que du mauvais en elle. Et puis, quoi? Personne n'a le droit de tuer son prochain! Seamus fermait ces gros doigts à l'idée du moment où il empoignerait le meurtrier. Il faudrait que celui-ci se montre bien docile, sinon... On disait, à Boyle, le « gros Seamus » en parlant du sergent. Certes, gros, il l'était avec ses deux cent six livres mais il mesurait quand même pas loin de six pieds et n'avait guère de ventre. Toute sa masse se localisait dans son torse et cela l'apparentait vaguement à un gorille dont il avait aussi les longs bras... ou presque. Coppeen atteignait la soixantaine et ceux qui l'avaient connu dans sa jeunesse, reconnaissaient qu'à cette époque, il n'en existait pas de plus fort dans tout le comté. La femme de Seamus, Janet — une grande bréhaigne dont les lèvres ne parvenaient pas à cacher une dentition de castor — ennuya si parfaitement son mari pendant vingt ans, que ce dernier ne se sentit vraiment heureux, tant que dura son mariage, qu'au poste de police ou au bar, deux endroits entre lesquels il partageait son existence. Quand Janet mourut, Coppeen recommença à vivre comme tout le monde.

Le commissaire O'Hagan et le sergent se connaissaient depuis toujours; aussi les marques de respect n'étaient-elles guère de mise entre eux. En pénétrant dans le bureau de son supérieur (dont il poussait la porte du pied), Seamus se contentait de dire :

— Hello! Mike, comment ça va?

Puis, il allait s'asseoir dans le fauteuil en face du bureau, allongeait ses grandes jambes et écoutait ce qu'on avait à lui confier, ou faisait lui-même son rapport.

Ce matin-là, le cérémonial ordinaire eut lieu puis, Seamus enchaîna tout de suite :

— Faut téléphoner au légiste de Sligo, Mick... Le petit O'Meara ne veut rien savoir... Prévisible d'ailleurs... Pas réconfortant de mettre en pièces détachées une femme qu'on a aimée... Surtout dans les débuts... Après!

Le sergent eut un haussement d'épaules signifiant qu'il n'eut pas tellement protesté s'il lui avait fallu, le cas échéant, autopsier son épouse.

— Vous avez vu O'Meara?

— Non, Mrs. Gneeves... C'est tout comme.

— Bon, j'appelle Sligo.

En quelques minutes, le commissaire alerta le médecin légiste du comté voisin qui promit d'être à Boyle dans le courant de l'après-midi.

— On doit jacasser en ville, hein, Seamus?

— Ouais...

— Et chez les Lackan?

— Ce doit être le seul endroit où on ne parle pas de Patsy... Plutôt moche, non? Une fille a beau commettre toutes les bêtises de la terre, elle demeure votre fille, pas vrai, Mike?

— Il me semble...

— Paraît que chez les Lackan, Tomas a donné ses

ordres. C'est comme si Patsy n'était jamais venue au monde. De quoi vous démoraliser, Mike, une attitude pareille!

— Rassure-toi, tous les Lackan ne sont pas comme le père.

— Ça m'étonnerait!

— Si tu ne crois pas, regarde dans la cage?

Intrigué, le sergent s'en fut ouvrir une porte donnant sur l'unique cellule du poste et en béa de surprise. Ayant refermé, il revint vers O'Hagan.

— Les Lackan? Vous avez bouclé Sean et Kevin? Pourquoi?

— Parce qu'ils ont à moitié tué Chris Lisgoold.

— A moitié seulement?

— Vous ne l'aimez pas ce Chris, hein?

— Non, je ne l'aime pas, Mike, et même je le tiens pour un parfait salaud. Je ne lui pardonne pas ce qu'il a fait de Patsy...

— Avec l'assentiment de la petite, non?

— Tout de même, ce n'est pas une raison, Mike! Alors, les garçons?

— Ils s'y sont mis à deux... On m'a dit qu'il n'était pas beau à voir le nommé Lisgoold. Si ça se trouve, ils l'ont peut-être estropié?

— A cause de Patsy, tout ça?

— Amenez-les-moi, ces deux sauvages, Seamus, qu'on les interroge!

Seamus alla quérir les deux délinquants et les fit sortir assez brutalement de leur cellule.

— Vous trouvez que vos parents n'en ont pas assez comme ça, espèce d'imbéciles?

Ils ne répondirent pas. Le sergent les poussa dans le bureau du commissaire qui les invita à s'asseoir.

— Vous êtes fiers de vous, hein?

Sean secoua la tête.

— Non. On regrette de ne pas l'avoir cogné assez fort pour le tuer, cette saloperie!

Mike O'Hagan haussa les épaules.

— De ta part, Sean, une pareille réponse ne m'étonne pas. Tu n'as jamais été très malin. Le Seigneur t'a donné des muscles, mais il a cru bon d'arrêter là sa générosité. Du côté de la cervelle, tu serais plutôt déficient... Mais, toi, Kevin? Est-ce que tu te rends compte que vous avez failli devenir des assassins tous les deux?

— Chris Lisgoold ne mérite pas de vivre!

O'Hagan tapa violemment du poing sur son bureau et hurla :

— Qui es-tu donc Kevin Lackan pour te permettre de décréter qui doit vivre ou mourir?

— Un garçon dont une canaille a déshonoré la famille, mais ça c'est peut-être des choses que vous ne comprenez pas, commissaire?

— Continue sur ce ton, mon petit, et je t'expliquerai ce que je comprends et ce que je ne comprends pas! Tu te figures que tu vas me donner des leçons? Une famille de braves Irlandais n'est pas déshonorée parce qu'une fille jette son bonnet par-dessus les moulins!

— Racontez ça au père!

— Je connais Tomas depuis plus longtemps que toi et il a toujours eu une tête de cochon!

Sean grogna :

— J'ai bougrement envie de vous foutre mon poing sur la gueule, commissaire!

O'Hagan ne parut pas autrement troublé.

— Amuse-toi à ce jeu, fiston, et ce sera le dernier

coup que tu porteras de ta vie! Parce que lorsque tu ressortiras de prison tu n'auras plus jamais le droit de boxer! Kevin... Écoute-moi : je n'aime pas Chris Lisgoold mais je ne puis pourtant pas vous permettre de le tuer sous prétexte qu'il s'est mal conduit avec votre sœur! Et puis, hein? Entre nous, il ne l'a pas enlevée? Elle est bien partie le rejoindre de son propre chef, non?

— D'accord, commissaire, Patsy c'était une pas grand-chose et, dans un sens, ce qui lui est arrivé, elle l'a mérité.

Le sergent renifla avec dégoût.

— Rien que pour ce que tu viens de dire, Kevin Lackan, en dépit de mon âge, si je n'étais pas policier, je te foutrais la plus belle raclée que tu aies jamais reçue de ta garce d'existence! Parce que si tu veux mon avis, garçon, un type qui parle de sa sœur morte comme tu le fais n'est pas un homme!

Un peu gêné tout de même, le cadet des Lackan ne répliqua pas. Sean prit la relève :

— Seamus Coppeen, mêlez-vous de vos oignons. Personne — et vous pas plus que les autres — ne nous empêchera de dire ce que nous pensons de Patsy et de Chris Lisgoold!

De nouveau, le commissaire frappa sur la table.

— Écoutez-moi bien, les Lackan... Je vous relâcherai ce soir lorsque vous serez un peu calmés, mais je vous avertis, si je vous revois dans Boyle avant qu'on ait mis la main au collet du meurtrier de votre sœur, je vous jure par saint Brandan que je vous enferme jusqu'à la fin de l'enquête, même si elle doit durer dix ans!

Les soins à donner à son oncle qui allait de plus en plus mal, empêchèrent, pendant un certain temps, Egan de songer à Patsy. De retour dans son cabinet, il s'installa à son bureau et, la tête dans ses mains, donna libre cours au chagrin qui l'étouffait. En plus de la perte de celle qu'il aimait, O'Meara ne pouvait se défendre d'un sentiment du culpabilité : s'il n'avait pas envisagé ce romantique projet d'enlèvement, Patsy serait sans aucun doute encore en vie. Pour lui, l'assassin se nommait Chris Lisgoold. Il avait dû surprendre Patsy au moment où elle s'apprêtait à rejoindre Egan. Ils s'étaient disputés, et Chris, hors de lui en voyant la jeune femme lui échapper, l'avait tuée, peut-être sans le vouloir expressément, d'ailleurs.

*
* *

Pour plaire à ses clientes, le docteur Dooling avait accroché une glace dans son cabinet de façon à ce que ces dames puissent sortir correctement chapeautées. A Boyle, aucune personne bien ne serait sortie sans chapeau. Par hasard, Egan s'aperçut dans cette glace et la vision offerte lui coupa le souffle. Était-il vraiment possible que cette chose effrayante fût le reflet de son propre visage ? Suite de la bagarre générale de la veille au soir dans la salle de boxe, la figure d'O'Meara présentait une série de boursouflures qui modifiaient curieusement ses traits et ce d'autant plus que sur ces bosses se mélangeaient la plupart des couleurs connues. Les larmes n'embellissaient pas l'ensemble. Avec une gêne indiscutable, le garçon se demanda par suite de quelle aberration un jeune médecin assez bien de sa personne — si l'on en devait croire l'opinion publique — occupant dans la cité un poste de choix, pouvait s'abandonner à des excès aussi répugnants! Dans n'importe quel autre pays du monde, un praticien se conduisant comme il s'était conduit, aurait vu sa clientèle l'abandonner. Mais en Irlande, peut-être plus encore à Boyle, on était tellement habitué — et ce depuis toujours — à voir des meurtrissures sur les visages des hommes, qu'on n'y prêtait plus attention. Panser les plaies légères, donner les premiers soins aux arcades fendues, aux nez tuméfiés, bander les jointures écorchées, les foulures de peu d'importance, étaient les premiers travaux « ménagers » qu'on enseignait aux petites filles. Chaque femme de Boyle, par la force des choses, se devait d'être une infirmière, et la ville était tenue par les fournisseurs pour une remarquable cliente (malgré sa faible population) en ce qui touchait le sparadrap, le mercurochrome, le coton et toutes les sortes de bandes destinées à soutenir ou à fortifier provisoirement des membres en assez piteux état. Par dérogation spéciale et avec la permission du Père Donoghue, les deux pharmacies restaient ouvertes sans interruption du samedi matin au lundi matin. Les filles de ces deux pharmaciens étaient deux des meilleurs partis de Boyle.

Par une naturelle association d'idées, Egan regardant son visage dans la glace, pensa que celui de Patsy ne devait pas être beau à voir non plus. Il se souvenait d'un homme mort par strangulation, vu à la morgue lors de sa dernière année d'études. Il en avait longtemps gardé un souvenir horrifié. La pensée de la jolie figure de Patsy pareillement déformée, le rendait à moitié fou de chagrin et de colère. Il eût voulu se trouver en face de Chris Lisgoold, se battre avec lui jusqu'à ce qu'il l'eût tué de ses propres mains. Bientôt, à cette grande exaltation succéda un abattement profond. Sans Patsy, la vie ne lui semblait présenter aucun intérêt. Pourquoi ne retournerait-il pas au Canada? Bien sûr il y avait l'oncle Owen qui n'allait pas tarder à mourir, et Norah qui serait toute seule lorsque ses deux hommes auraient disparus, mais Egan était trop malheureux pour se soucier de la peine des autres.

A l'église, ce dimanche matin-là, le Père O'Donoghue, dont la patience n'était pas la qualité dominante, sentait parfaitement que les fidèles suivaient mal le sacrifice de la messe. Il enrageait et s'il avait cédé à son humeur naturellement violente, il se fût retourné vers l'assistance pour lui exprimer vertement sa façon de penser. Mais, il se souvint d'abord qu'il était en train de célébrer l'office divin, ensuite des engagements sans cesse pris vis-à-vis de Dieu et de lui-même quant à la réforme espérée de son caractère emporté. Néanmoins, lorsque le moment arriva de prêcher, il oublia le sermon soigneusement préparé durant toute la semaine et se lança dans une furieuse improvisation sur l'inattention, espèce de désertion de l'esprit qui, à l'église, devenait une véritable trahison. Le Seigneur ne se souciait guère de prières où le cœur ne participait pas. Et pourtant, qu'est-ce qui pouvait mieux retenir l'attention des pécheurs que le salut de leur âme? Accroché des deux mains à sa chaire, le Père O'Donoghue tonnait, rugissait, apostrophait et s'irritait de plus en plus, au fur et à mesure qu'il constatait, à des signes depuis toujours connus des orateurs, sacrés ou non, qu'on ne l'écoutait pas. Il en ressentait une vive humiliation et son humeur ne s'en assombrissait pas. Des menaces, il passa aux injures. A la manière dont certains le regardèrent, il devina qu'ils étaient quelques-uns à regretter qu'il fût prêtre et de se trouver dans l'église, sans cela, ils l'auraient volontiers rossé pour lui apprendre, d'une part, à les respecter, d'autre part, que l'éloquence dominicale avait des limites, même chez un prêtre qu'on aimait bien. Prenant conscience de s'être aventuré un peu loin, le curé changea de sujet et parce qu'il en ressentait un vrai chagrin, sa voix s'apaisa pour parler à ces mécréants de la mort de Patsy Lackan. Aussitôt, le troupeau tout entier parut s'arrêter de respirer. On écoutait.

Le Père trouva les mots qu'il fallait pour évoquer la jeune fille que chacun connaissait. Il la montra rieuse, insouciante, incapable, elle aussi, de fixer son attention sur l'essentiel pour tout sacrifier au secondaire. Grâce à sa belle imagination irlandaise, il brossa un tableau émouvant de cette mort injuste. Il dit que même si la justice des hommes laissait échapper le meurtrier, le Seigneur, Lui, ne pardonnerait pas, car ôter la vie à son prochain est le crime sans pardon. Des femmes pleuraient et plus d'un homme avait la gorge serrée. Jamais les deux chantres, Samuel et Ruadh ne chantèrent aussi faux que ce jour-là, tant l'émotion les bouleversait. Si bien qu'au sortir de l'office et contrairement à une longue habitude, ils se rendirent chez Lennox Caradice et s'y soûlèrent consciencieusement pour ne plus penser à Patsy Lackan. Seulement, un fantôme en appelle un autre et par le truchement de la jolie Patsy, surgit du fond des âges, cette fille que Samuel et Ruadh avaient courtisée ensemble. Il appartint à Ruadh de déclencher les hostilités.

— Samuel, mon vieux, vous savez à qui me fait penser cette pauvre petite Lackan?

— Ouais, je le sais Ruadh!

— Par saint Patrick, je me demande bien comment vous le savez?

— Parce que je l'ai connue avant vous!

Dans le café, les clients se turent pour écouter une fois encore l'éternel débat opposant les deux vieux ivrognes. Un rite dont on ne se lassait pas. On n'ignorait pas que Lennox interviendrait au premier coup de poing mais on pariait sur l'identité de celui qui flanquerait la nazarde initiale à son interlocuteur.

— Je vais vous confier une chose, Samuel : vous êtes un damné menteur! Car c'est moi et personne d'autre qui vous ai présenté Mary Ford un dimanche de printemps de 1908! Et même Samuel, vous m'avez avoué ce jour-là que vous me teniez pour le garçon le plus veinard de la terre, car jamais vous n'aviez vu une blonde qui eût une aussi jolie peau!

Samuel émit une sorte de long ricanement si nettement injurieux que son collègue en crispa les poings.

— Ruadh, j'ai de la peine à le constater mais vous devez sûrement être devenu gâteux depuis dimanche dernier!

— C'est votre opinion, Sam?

Les vibrations de la voix de Ruadh indiquaient qu'on n'était plus loin du déclenchement des hostilités.

— C'est mon opinion!

— Puis-je vous prier de bien vouloir m'informer sur quelles preuves elle repose?

Cette courtoisie inaccoutumée annonçait qu'on arrivait au point de rupture.

— Simplement sur le fait, mon vieux, que cette adorable jeune fille n'était pas blonde mais brune, qu'elle ne s'appelait pas Mary mais Kathleen et que c'est moi qui vous l'ai présentée à l'automne de 1909, un samedi.

Depuis tant et tant d'années qu'ils se querellaient sur le même sujet, il n'était jamais venu à l'esprit de Sam et de Ruadh qu'ils ne parlaient pas de la même fille.

— Alors, comme ça, Samuel, vous prétendez que Mary Ford vous prenait pour son bon ami et qu'elle se fichait pas mal de moi?

— Elle m'aurait mangé dans la main, ma petite Kathleen, si vous voulez absolument le savoir, Ruadh! Quant à vous, elle estimait qu'il n'existait pas un gars plus sottement prétentieux dans tout le comté et elle jurait qu'elle aurait préféré rester vieille fille plutôt que de s'encombrer d'un type de votre genre. Qu'est-ce que vous dites de ça, mon vieux?

— Et vous, Sam, qu'est-ce que vous dites de ça?

Du même moment, le poing de Ruadh arriva sur le nez de son collègue sous la forme d'un direct du droit qui, tout aussitôt ensanglanta les narines de Samuel. Lennox Caradice qui guettait l'ouverture des hostilités, fonça sur les antagonistes et après s'être fait payer, les mit dehors où ils s'empoignèrent en une furieuse bataille qui rassembla très vite un groupe important de connaisseurs jusqu'au moment où la petite-fille de Ruadh, une solide gaillarde de vingt-cinq ans, sépara les deux adversaires à coups de parapluie avant d'entraîner son grand-père, qui lui expliquait qu'il ne pouvait, sous peine de déshonneur définitif, laisser insulter la mémoire de Mary Ford.

*
* *

Lorsque Mrs. Gneeves, inquiète, apporta son breakfast à Egan, elle le trouva, l'œil vague et tout à fait détaché des contingences terrestres. Elle posa l'assiette d'œufs au jambon sous son nez. Le fumet ramena O'Meara sur terre mais ce fut pour soupirer :

— Je n'ai pas faim...

— Il faut vous forcer, Egan!

— Je ne comprends pas, Norah, que vous puissiez me parler de manger alors que Patsy est morte?

— Jeûner ne la ressuscitera pas, mon garçon. Le décès de ma nièce est une chose et votre santé une autre.

— C'est affreux ce que vous dites!

— Non, c'est raisonnable!

O'Meara renonça à expliquer à Mrs. Gneeves qu'à son entrée, il était merveilleusement perdu parmi une foule de Patsy de tous les âges à laquelle tenaient compagnie des Egan, les uns en culottes courtes, les autres en pantalons longs. Comment s'occuper de nourriture quand on a le cœur si profondément meurtri? Mais Norah demeurait là, le surveillant et visiblement décidée à ne point quitter la place tant qu'il n'aurait pas fini son breakfast. Egan s'y résigna pour avoir la paix. Lorsqu'il eut terminé, Mrs. Gneeves s'enquit :

— Ça va mieux?

Il haussa les épaules, incapable de répondre à ce qu'il estimait la plus sotte, la plus incongrue des questions. Tout en replaçant la vaisselle sur son plateau, la gouvernante annonça :

— Il y a Eoin Clongarre qui est là.

— C'est le mari de...

— De cette éhontée de Budie, oui.

— Qu'est-ce qu'il veut?

— Sa piqûre hebdomadaire.

— Le dimanche?

— Il ne peut s'absenter que le dimanche.

Egan chercha dans le fichier de son oncle le nom d'Eoin Clongarre, lut la nature de la piqûre et s'aperçut qu'il s'agissait d'une simple intramusculaire.

— Bon, envoyez-le-moi, qu'on s'en débarrasse.

Norah hésitait comme si elle avait quelque chose à dire. O'Meara en fut intrigué.

— Qu'est-ce qu'il y a?

— C'est au sujet de ce Clongarre... Il est un peu bizarre.

— Bizarre?

— Oh! ce serait trop long à voux expliquer... En tout cas, si vous avez besoin de moi, prévenez-moi.

— Si j'ai besoin de vous?

Mrs. Gneeves sortit sans répondre et introduisit Eoin Clongarre dont l'aspect frappa le médecin. Un petit homme ravagé par des tics et qui, à chaque instant, se déformait le visage en grimaces effroyables ou agitait les membres comme s'il était parcouru de décharges électriques.

— V's êtes l' nouveau doc'?

— Oui.

— Alors, comme ça... par la force des choses, v's êtes l' n'veu de c' vieux doc'?

— Oui. Je dois vous faire une piqûre, si j'en crois votre fiche?

— Par la force des choses, comme qui dirait...

— Bon... Eh bien! voulez-vous baisser votre pantalon et vous étendre sur ce canapé pendant que j'aseptise l'aiguille.

— C'est... C'est obligé qu' vous vous serviez d'une aiguille?

— Pour vous piquer? Je ne vois pas trop comment je pourrais m'y prendre autrement?

— Par la force des choses, comme qui dirait, pas vrai?

— Exactement.

— Bon... Alors, j' baisse mon froc... par la force des choses...

Lorsque O'Meara revint vers son patient, la seringue à la main, il éprouva un sentiment de pitié devant ce derrière étroit, maigre, en un mot lamentable, et se souvint de ce truculent professeur qui prétendait connaître le caractère des individus d'après leur derrière.

— A droite ou à gauche?

— Pardon?

— Préférez-vous que je vous pique à droite ou à gauche?

— Parce qu'il faut absolument que vous me piquiez?

— Vous êtes venu pour ça, non?

— Par la force des choses, comme qui dirait. A droite!

Egan frotta le morceau de peau où il se proposait d'enfoncer l'aiguille, avec un morceau de coton imbibé d'alcool; il s'apprêtait à piquer lorsque Clongarre exécuta un véritable saut en arrière, bouscula O'Meara, se retrouva sur ses jambes, et tenant son pantalon d'une main tout en négligeant de le remonter complètement, se mit à galoper à travers la pièce en couinant comme un goret. Stupéfait, Égan demeura paralysé devant ce spectacle inattendu. Norah qui devait écouter derrière la porte, entra et d'une voix sévère, admonesta le client récalcitrant :

— Alors, Eoin, vous recommencez vos pitreries?

L'autre pleurnicha sans pour autant remettre son pantalon.

— J'y peux rien, Mrs. Gneeves!... Dès qu' j' sens qu'on va m' piquer, faut que j' me sauve... Par la force des choses comme qui dirait!

Il reprit sa course et ses couinements tandis que le médecin se demandait s'il n'était pas victime d'une hallucination. Au moment où Clongarre passait près d'elle, Norah empoigna Eoin par le cou, le coucha à plat ventre sur le divan et l'y maintint d'un genou appuyé au creux des reins. De surprise, Egan faillit lâcher sa seringue. La gouvernante, relevant la chemise d'Eoin, ordonna, superbe :

— Allez-y, mon garçon!

Complètement abasourdi, O'Meara convenait en lui-même que, pour les piqûres, on professait indiscutablement une technique bien particulière à Boyle. Lorsque Clongarre les eut quittés tout heureux d'avoir subi sa piqûre sans s'offrir une véritable crise de nerfs, le neveu du docteur Dooling demanda :

— Norah... Il y en a beaucoup comme celui-là?

— Non... heureusement, mais souvenez-vous, mon petit, qu'en cas d'ennui, vous n'avez qu'à m'appeler.

Contrairement à ce qu'Egan se figurait, et à cause des instincts batailleurs de la population mâle de Boyle — instincts qui se manifestaient surtout le samedi soir — le dimanche n'était pas un jour de repos pour le médecin. Durant toute la fin de la matinée, O'Meara cousit, pansa, enveloppa tandis que Norah faisait un incessant va-et-vient entre la chambre du docteur Dooling et le bureau occupé par son neveu et successeur. Vers treize heures, le dernier client parti, Egan commença à respirer. Il s'apprêtait à passer à table lorsque Kate Lackan, en se présentant devant lui, ranima son chagrin un instant oublié. La jeune fille et O'Meara se regardèrent sans mot dire, puis spontanément tombèrent dans les bras l'un de l'autre, mêlant leurs larmes. La sœur de Patsy, se dégageant chuchota :

— Je suis venue parce que j'ai pensé que vous souffriez.

— Je vous remercie, Kate... Un moment, quand vous êtes apparue, j'ai craint que vous ne soyez venue pour me redire que vous m'aimiez!

La petite sembla choquée.

— Ce n'aurait vraiment pas été le moment!

Et elle ajouta en toute simplicité!

— D'ailleurs, je ne vois pas pourquoi je vous répéterais ce que vous savez depuis longtemps déjà?

Egan ne répliqua pas tout de suite, car il devinait Kate sincère. Pourtant parler de tendresse à celui qui aimait passionnément Patsy, c'était témoigner d'une scandaleuse indifférence à l'égard de la morte. Il l'exprima brutalement :

— Et vous n'attendez même pas que votre pauvre

sœur soit enterrée pour tenter de prendre sa place? Je n'aurais pas cru cela de vous, Kate!

Elle le regarda avec des yeux étonnés.

— Prendre sa place? Mais... Ce n'est pas Chris Lisgoold que j'aime, Egan, c'est vous!

Rappelé brutalement à la réalité, O'Meara resta coi avant d'avoir recours à la mauvaise foi pour ne point perdre la face.

— Ne jouez pas les idiotes, Kate! La vérité c'est que ni vous ni vos parents ne vous souciez de Patsy et qu'un salaud ait pu la tuer vous laisse indifférents! Au fond, vous êtes bien contents d'être débarrassés de celle que vous considériez comme la honte de la famille, hein?

Les larmes coulaient sur les joues de Kate. Elle murmura :

— Ce n'est pas beau ce que vous dites, Egan... et c'est injuste. Patsy était la préférée de mamie... Depuis que nous sommes au courant, mamie s'est couchée et on ne peut pas la convaincre de s'alimenter... Le père ne parle plus à personne, mais on sent que ça le ronge à l'intérieur... C'est pour cela que je suis venue vous voir, Egan... Pour parler à quelqu'un... Pour partager mon chagrin. J'aimais bien Patsy quoi que vous en pensiez... C'est à vous que j'en voulais, pas à elle...

— Et vos frères?

— Ils sont en prison.

— Quoi?

— Ils ont assommé Christ Lisgoold ce matin, dès qu'ils ont su la mort de Patsy... C'est un miracle qu'ils ne l'aient pas tué... Maintenant, je suis seule à la maison, Egan...

O'Meara ressentait une honte brûlante d'avoir pu

soupçonner les Lackan d'indifférence envers la jeune morte. Il prit Kate dans ses bras et lui glissa à l'oreille :

— Je retournerai chez vous... J'irai voir le commissaire et demanderai à l'oncle de me prêter l'argent pour la caution de Sean et de Kevin... Vous ne pouvez pas comprendre comme je suis content de constater qu'on n'abandonnera pas Patsy... Je suis sûr que tous ensemble, nous finirons par savoir qui est son meurtrier et s'il s'agit de Lisgoold, alors, Dieu me pardonne! Je finirai le travail que vos frères n'ont pas achevé.

Après le départ de Kate, Egan se mit à table et mangea de meilleur appétit qu'il ne l'eût supposé une heure plus tôt. La visite de la cadette des Lackan l'avait ragaillardi. Il ne se sentait plus seul à combattre un ennemi invisible, pour venger Patsy. O'Meara ne nourrissait aucune confiance dans les capacités policière du commissaire Mike O'Hagan et du sergent Seamus Coppeen, en quoi il avait tort. Il aurait, d'ailleurs, mangé de bien moins bon appétit s'il s'était trouvé au même moment dans le bureau de O'Hagan qui fumait sa pipe en compagnie du sergent alors que, dans leur cellule, Sean et Kevin tournaient comme des ours en cage.

Coppeen qui se balançait sur sa chaise, risquant à chaque instant la chute, ôta la pipe de sa bouche, en secoua le fourneau sur le talon de sa chaussure avant de demander :

— Qu'est-ce qu'on décide, Mike?

— D'abord de se rendre au chevet de Lisgoold et tenter de le persuader de ne pas porter plainte contre les Lackan. Tomas et Maeve en ont leur compte, pas besoin d'en rajouter.

— J'irai voir Lisgoold et je vous promets qu'il ne portera pas plainte!

O'Hagan regarda son subordonné d'un œil soupçonneux.

— Ne faites surtout pas l'idiot, Seamus... Pas envie de vous voir remplacer Sean et Kevin dans la cellule.

C'est alors que Miss Eithne O'Brien entra dans le commissariat avec l'allure solennelle qu'affectent les mauvaises actrices quand elles jouent lady Macbeth dans la banlieue londonienne. Les deux hommes furent tellement saisis par cette apparition qu'ils ne songèrent pas à se lever. Sur un ton qui ressemblait plus à un hululement qu'à une voix humaine, Miss O'Brien annonça :

— Poussée par l'amour de la vérité et parce qu'il incombe à tous les bons citoyens ou citoyennes de la République Indépendante d'Irlande, d'aider la police dans l'accomplissement de sa tâche, à seule fin que justice se fasse, que le meurtrier soit puni et la victime vengée...

Mike, visiblement inquiet, regarda Seamus qui haussa prodigieusement les sourcils pour témoigner de son désarroi. Le commissaire tendait la main vers le téléphone pour appeler un médecin, lorsque après avoir repris haleine, Miss Eithne O'Brien proclama :

— Je viens dénoncer l'assassin de Patsy Lackan en priant la Justice de ne point me tenir rigueur de n'avoir point parlé plus tôt!

O'Hagan se mit tout de suite en colère et se leva en donnant de furieux coups de poing sur son bureau :

— Vous rendez-vous compte à quel point cette

comédie est indécente, Miss O'Brien? J'ai bien envie de vous arrêter pour outrage à la justice!

Miss O'Brien frémit des pieds à la tête comme un voilier pris, toutes voiles dehors, sous une bourrasque inattendue.

— Outrage à la justice alors que je me porte au secours de celle-ci? A moins que vous ne refusiez d'arrêter le coupable parce qu'il occupe une solide situation dans Boyle?

Mike O'Hagan rugit :

— En voilà assez, Miss O'Brien! Nous ne sommes pas là pour écouter les divagations de vieilles filles névrosées! Si vous savez quelque chose sur le meurtre de Patsy Lackan, dites-le! Sinon, fichez le camp avant que je me mette en colère pour de bon!

Outrée, la vieille fille glapit :

— Vous mériteriez que je vous laisse vous débrouiller avec cet autre imbécile qui me regarde en ricanant!

L'autre imbécile — le sergent en l'occurrence — se leva pesamment, avança d'un pas en direction de Miss O'Brien et se penchant vers elle, lui souffla d'un air sinistre :

— Avez-vous seulement une idée de ce que Mike et moi sommes capable d'infliger à ceux qui se paient notre tête, Miss?

Eithne eut un hoquet d'épouvante et battit précipitamment en retraite.

— C'est bon! J'ai compris! Je ne sais rien! Pas la moindre petite chose! Car je ne suppose pas que connaître le nom du meurtrier de Patsy Lackan vous intéresse?

Nul n'aurait cru — et Miss O'Brien moins que tout autre — que le gros Seamus était encore capable de bondir aussi vite. Il empoigna la demoiselle au moment précis où elle s'apprêtait à franchir le seuil du bureau et la ramena devant le bureau d'O'Hagan.

— Et maintenant, Miss, un conseil : parlez!

— Je n'ai plus rien à dire!

— Vraiment? Dans ce cas, je vous arrête! Donnez-moi vos poignets que j'y passe les menottes.

Eithne manqua s'évanouir et balbutia :

— Vous... Vous n'avez pas le... le droit!

— Vous vous êtes moquée de nous en prétendant connaître le meurtrier de Patsy Lackan!

— Mais, je le connais!

— Et qui est-ce donc?

— Le docteur Egan O'Meara!

CHAPITRE III

Mike O'Hagan en laissa tomber sa pipe dont les cendres rougeoyantes s'éparpillèrent sur son veston. En jurant, il les secoua et Miss O'Brien, scandalisée par un tel langage, s'écria :

— Oh! Mr. O'Hagan, vous êtes en présence d'une dame, ne l'oubliez pas!

Le commissaire contourna son bureau pour venir se planter devant la vieille fille.

— Et vous, Miss, n'oubliez pas que personne ne s'est encore moqué de moi!

Seamus Coppeen ajouta :

— Ne perdez pas de vue non plus, Miss, que des accusations portées à la légère peuvent entraîner le paiement de lourds dommages et intérêts?

Frémissante, elle les examina tous deux et répéta :

— L'assassin de Patsy Lackan est le docteur Egan O'Meara! Et si vous ne voulez pas m'écouter, j'irai le crier dans les rues de Boyle!

Le commissaire souffla bruyamment avant de retourner s'asseoir.

— Miss O'Brien... Mesurez vos paroles... Le sergent vous a avertie... Et maintenant, sur quoi basez-vous vos accusations contre le docteur O'Meara?

— D'abord, sur ses mœurs!

— Quoi?

— Je vous prie, Mr. O'Hagan, de ne pas me demander de détails! Épargnez ma pudeur!

— Ah! Non! Votre pudeur, Miss O'Brien, figurez-vous que je m'en fiche! Expliquez-vous et vite!

Force fut donc à la demoiselle de raconter ce qui s'était passé dans le cabinet du docteur. Les deux autres l'écoutaient avec une stupeur qui allait croissant au fur et à mesure que Miss O'Brien avançait dans son récit. Eithne conclut :

— Je n'aurais pas cru qu'à mon âge je pouvais encore courir de pareils dangers! Il est vrai que je parais beaucoup plus jeune que je ne le suis réellement, mais tout de même! Me déshabiller devant un homme! Moi! Ah! gentlemen, rien que d'y penser, le rouge m'en monte encore aux joues!

Écœuré, O'Hagan se tourna vers le sergent.

— Elle est folle ou quoi?

Seamus Coppeen réclama d'autres précisions.

— Voyons, Miss O'Brien, entendons-nous bien : le docteur O'Meara vous a demandé de vous déshabiller, n'est-ce pas?

— Je vous l'ai déjà dit.

— Mais... sous quel prétexte?

— Oh! sergent! En dépit de mon peu d'expérience en la matière, je ne pense pas que les hommes, dans ces moments-là, fournissent tellement d'explications? D'ailleurs, son regard me suffisait!

— Il vous suffisait... A quoi?

— A comprendre le sort qui m'attendait! Un regard de bête luxurieuse!

Le sergent remarqua doucement :

— Miss O'Brien, vous rendez-vous compte que le docteur O'Meara doit avoir dans les trente ans de moins que vous.

— Et alors?... Je ne suis absolument pas convaincue que l'âge importe dans la passion débridée!

O'Hagan revint à la charge.

— En tout cas, ce n'est pas lui qui s'est rendu chez vous, hein? C'est vous qui êtes allée le voir!

— Quand on est malade, on ne va pas consulter le notaire, que je sache?

— Et de quoi souffriez-vous?

— Votre curiosité, commissaire...

— Par tous les diables de l'enfer, Miss O'Brien, vous commencez à m'énerver drôlement! Quand il s'agit d'une accusation d'homicide avec toutes les conséquences que cela peut comporter, vos petits secrets importent peu! Alors, oui ou non, me direz-vous pour quelles raisons vous avez consulté le docteur O'Meara?

Affreusement gênée, Eithne baissa une paupière pudique pour avouer dans un murmure :

— Excusez-moi... Le ventre...

O'Hagan rugit :

— Et vous trouvez extraordinaire qu'un médecin vous demande de vous déshabiller pour vous examiner le ventre? Vous pensiez peut-être qu'il lui suffisait de vous regarder le nez? Enfin quoi? Vous êtes idiote ou vous faites semblant?

— Mais, commissaire...

— Foutez le camp!

— Je ne vous promets pas de...

— Sergent, flanquez-moi cette dingue à la rue sinon je l'envoie à l'hôpital!

Coppeen prit la demoiselle par le bras :

— Venez, Miss O'Brien.

Eithne se leva et, pleine de dignité, avant de tourner le dos à O'Hagan laissa tomber :

— Il est possible que la loi vous donne le droit de me traiter de façon abominable, mais rien ni personne ne pourra faire que je n'aie pas vu Egan O'Meara sortir de la maison de Patsy Lackan, cette nuit, approximativement à l'heure que le journal donne comme étant celle du crime!

Ceci dit, elle se dégagea de la poigne de Seamus Coppeen et marcha fièrement vers la sortie. O'Hagan hurla :

— Sergent! Ramenez-la!

Sur l'ordre du commissaire, une fois Miss O'Brien partie, le sergent s'en fut relâcher Sean et Kevin Lackan avant de les introduire dans le bureau d'O'Hagan.

— Sean et toi, Kevin, avez-vous enfin pris conscience qu'en frappant Christy Lisgoold comme vous l'avez fait, vous avez failli commettre un crime?

L'aîné des garçons secoua sa grosse tête.

— Et puis après? Il a bien tué Patsy, lui!

— Eh! Non, justement. Ce n'est pas lui le meurtrier!

Plus vif que son frère, Kevin demanda, l'œil brillant :

— Vous savez qui c'est?

— Nous avons une piste sérieuse... Un témoin a

vu sortir quelqu'un de chez votre malheureuse sœur, à une heure qui pourrait être celle du crime.

Sean fermant et ouvrant les poings, dit d'une voix rauque :

— Si seulement vous acceptiez de nous donner son nom?

— Sûrement pas! Je ne tiens pas à ce que les fils de mon ami Tomas aillent passer des années en prison. Rentrez chez vous et priez saint Patrick que Chris Lisgoold ne porte pas plainte pour l'agression dont il a été victime de votre part!

Les deux frères se retirèrent, pas tellement convaincus... Lorsqu'ils eurent quitté le bureau, Mike soupira.

— Seamus... Le sale boulot reste à liquider...

— Et, il est pour moi?

— Sinon, à quoi cela me servirait-il d'être votre supérieur, mon vieux?

— Par qui je commence?

— Filez à la clinique et tâchez de calmer Lisgoold.

— Ce ne sera sûrement pas facile.

— Si c'était facile, Seamus, je ne vous y enverrais pas.

— Merci quand même!

Le sergent coiffa son feutre crasseux et avant de le poser sur sa tête, selon un cérémonial traditionnel, le regarda avec une mine dégoûtée pour conclure :

— Faudra pourtant que je me décide à en acheter un autre...

— Allons, allons pas de folie, mon vieux! Votre chapeau n'a pas plus de quinze ou vingt ans, hein?

Resté seul, Mike O'Hagan réfléchit à tout ce qui venait de se passer. Pourquoi O'Meara aurait-il tué

Patsy qu'il aimait au point de se battre pour elle? Et cette piquée d'Eithne O'Brien, jusqu'à quel point pouvait-on lui accorder confiance? Avait-elle vu ou cru voir Egan sortir de chez Patsy? Elle s'était bien imaginé que le jeune homme désirait lui infliger les derniers outrages! Il fallait avancer avec précaution, dans cette histoire.

Chris Lisgoold, couché dans une chambre particulière, reçut assez mal le sergent Coppeen.

— Vous avez arrêté ces deux salauds?

— Bien sûr.

— Vous venez recevoir ma plainte?

— C'est à ce sujet que je suis ici.

Chris ricana :

— Moi qui m'imaginais que c'était pour prendre de mes nouvelles!

— Aussi...

— Ne vous forcez pas, sergent. Je sais que vous ne m'aimez pas...

Seamus regarda le blessé de ses yeux aux paupières lourdes.

— Vous pouvez même dire, sans crainte de vous tromper, Lisgoold, que je vous hais... C'est à cause de vous que Patsy Lackan est morte. Si vous l'aviez laissée tranquille rien de tout cela ne serait arrivé... Alors, pendant que nous sommes seuls, Chris Lisgoold, sachez que si vous portez plainte contre les frères Lackan, je m'arrangerai pour vous le faire regretter toute votre vie. Maintenant, je vous écoute?

Chris n'était pas une âme spécialement bien trempée. Il tenta de gouailler.

— Et l'assassin de Patsy, celui-là aussi vous entendez le laisser tranquille?

— Celui-là quand je lui mettrai la main dessus, il regrettera d'être venu au monde.

— Oui... Mais quand?

— Dans les quarante-huit heures.

Du coup, Lisgoold parut intéressé.

— Vous savez donc qui il est?

— Je le crois. A ce propos, Lisgoold, vous avez une sacrée chance de n'avoir pas quitté la réunion de boxe hier soir.

— Vous auriez aimé me coller ce crime sur le dos, hein?

— Vous ne pouvez deviner à quel point!

Il y avait une telle conviction dans le ton du sergent que Chris eut du mal à avaler sa salive.

— Alors, Lisgoold, cette plainte?

— J'ai réfléchi, sergent... Un homme comme moi ne porte pas plainte pour une raclée. Il la rend.

— Parfait... Je vais écrire ça et vous le signerez. D'accord?

— D'accord.

— De plus, Lisgoold, je suis sûr que vous suivrez mon conseil : en quittant cette clinique, filez tout de suite chez vous à Roscommon et n'en revenez que lorsque j'aurai agrippé le meurtrier.

— Pourquoi?

— Parce qu'il y a trop de gens, à Boyle, qui seraient heureux d'avoir une explication avec vous... vous me comprenez?

— Parfaitement. Dans deux heures je serai parti.

Seamus rédigea une note rapportant les paroles

généreuses de Chris et la lui tendit à signer. Lorsqu'il eut mis son paraphe, Lisgoold remarqua :

— A votre avis, sergent, je suis un type bien, maintenant?

Coppeen se leva pesamment, reprit son chapeau puis répondit en détachant bien les mots :

— Christy Lisgoold, je vous tiens pour un type parfaitement méprisable. Si même vous désirez connaître le fond de ma pensée, je regrette que ce ne soit pas vous qu'on ait assassiné cette nuit au lieu de Patsy Lackan. Salut!

Bien qu'il lui déplût de mentir à Mrs. Gneeves envers qui il nourrissait un tendre respect, le sergent Coppeen résolut d'attaquer O'Meara au dépourvu afin d'obtenir son aveu par surprise. Dans ce dessein, il se présenta le lendemain chez le docteur en qualité de client. Norah qui lui ouvrit la porte s'en montra étonnée.

— Encore vous, sergent?

Seamus essaya de plaisanter mais le cœur n'y était pas, car il éprouvait une réelle affection pour le docteur Owen Dooling et son neveu.

— Pas très aimable, hé?

— C'est que... depuis hier, je me méfie de vous et de vos nouvelles!

— Rassurez-vous, Mrs. Gneeves, je suis ici à titre de client...

Malgré l'assurance qu'il affectait Coppeen ne put s'empêcher de rougir en proférant un pareil mensonge, d'autant plus que Norah — éprouvant à l'endroit de ce cher vieux Seamus, une inclination qu'elle ne cachait pas toujours très bien — s'inquiétait.

— Ce n'est pas grave au moins?

— Non, non... Un petit malaise... Enfin, je suis arrivé à l'âge des précautions, Mrs. Gneeves...

— Voulez-vous vous taire! Vous êtes plus solide que bien des jeunes! Je vais prévenir le docteur O'Meara que vous êtes là!

— Non! Non! Non!... Un simple client, rien d'autre qu'un simple client attendant tranquillement son tour. Il n'y a aucune raison pour que je jouisse de prérogatives quand je ne suis pas en service...

Sa voix s'étrangla un peu en prononçant ces derniers mots car il avait franchement honte de duper cette pauvre Norah.

— Le docteur a Miss Annagh dans son cabinet, je ne pense pas que ce sera très long.

— Eh bien! dites donc, Miss Annagh!... Je vois, avec plaisir, que votre nourrisson, Mrs. Gneeves, du premier coup récolte le gratin, hé?

Les Annagh constituaient la famille la plus huppée de Boyle, non la plus riche, mais celle à qui un long passé tout entier consacré au service de la ville, du comté et du pays, assurait la première place dans l'estime de ses concitoyens. Pour l'heure, l'héritière de la famille s'appelait Annabel Annagh, une demoiselle de vingt-sept ans, fort bien faite de sa personne, de traits agréables mais surtout d'une distinction telle qu'elle donnait l'impression que tous ses interlocuteurs, quels qu'ils fussent, étaient des rustres. Très profondément croyante, même un tantinet dévote, Miss Annabel passait à Boyle pour le modèle incarné de la vertu féminine. On ne lui connaissait pas de soupirant. On ne s'étonnait pas de cette anomalie tant il semblait difficile d'imaginer que l'héritière des Annagh pourrait un jour rencontrer un homme qui la valût presque sur le plan moral. Cependant, bien que vertueuse sans la moindre défaillance, sans la plus légère compromission, Miss Annabel ne montrait pas la sotte pruderie d'une Eithne O'Brien. Tandis que Seamus Coppeen pénétrait dans le salon d'attente, Annabel en combinaison pâle, fermait les yeux pour ne pas voir de trop près le visage d'Egan O'Meara qui, penché sur elle, la palpait avec infiniment de discrétion et de précaution. Le jeune médecin, pour rien au monde, n'aurait voulu avoir une histoire du genre de celle que lui avait suscitée Miss O'Brien, avec Annabel Annagh, car les conséquences en eussent été beaucoup plus graves, et pour sa réputation personnelle, et pour la suite de sa carrière à Boyle.

En vérité, tout se serait passé le mieux du monde si la mauvaise étoile d'Egan ne s'était arrangée pour qu'au moment où le sergent Coppeen entrait dans le salon d'attente, Terence Barnett y fût déjà installé en compagnie de sa femme Maud souffrant d'une anémie pour laquelle il entendait demander un remède au médecin. Barnett, un petit homme nerveux, sempiternellement de mauvaise humeur, faisait penser à ces roquets qui n'arrêtent pas de grogner quand ils ne parviennent pas à mordre quelqu'un ou quelque chose. Autant Maud se montrait lymphatique, autant Terence se complaisait dans une agitation perpétuelle. Contrairement à ce qu'on aurait pu supposer, les deux époux s'entendaient fort bien, Barnett apportant au ménage la flamme nécessaire à l'entretien de la vie chaude, Maud, par sa placidité naturelle, parvenant à apaiser les fureurs spontanées de son conjoint. Elle y réussissait presque toujours. Ce « presque » tenait à ce que, sur le chapitre de la police, Terence se montrait intraitable. Il haïssait les représentants de l'ordre en général, le commissaire O'Hagan et le sergent Coppeen en particulier. Pourquoi? Il n'aurait peut-être su le dire lui-même. Cette haine, il y tenait comme à une fortune personnelle à laquelle nul n'avait le droit de toucher. Aussi, dès que Seamus eut pris place dans un fauteuil, les choses ne traînèrent pas.

Brusquement, Terence se mit à renifler ostensiblement, puis s'adressant à sa femme :

— Vous ne trouvez pas que cela sent mauvais depuis quelques instants, Maud?

Cette dernière qui connaissait bien son époux essaya de le calmer.

— Voyons, Terence, vous n'êtes pas chez vous!

— Je le sais, Maud, je le sais... Chez nous, les ordures sont balayées, elles ne risquent pas d'empoisonner l'atmosphère!

Seamus qui ne pouvait ignorer que tous ces sous-entendus injurieux lui étaient adressés, puisqu'il se trouvait seul avec les Barnett, crispa les mâchoires, ferma les poings et les yeux pour ne point flanquer à ce sale petit type la raclée qu'il méritait. L'autre, inconscient du danger, insistait :

— Ce qu'il y a de déprimant, Maud, chez les médecins, c'est qu'on est appelé à y rencontrer toute sorte de gens et pas toujours de ceux que l'on se plairait à fréquenter.

L'espèce de grognement sourd qui s'échappa des

lèvres crispées du sergent mit Terence Barnett en jubilation. Grisé par la victoire qu'il sentait proche, il dépassa les limites :

— D'ailleurs, Maud, parmi ces gens-là beaucoup se trompent en venant chez un docteur. Il seraient mieux à leur place chez un vétérinaire.

Maud, les larmes aux yeux, consciente de l'imminence d'une catastrophe, s'emporta pour la première fois de sa vie :

— C'est pas Dieu possible, Terence Barnett! Vous ne pouvez pas arrêter votre damnée langue?

Terence eut un ricanement longuement prolongé.

— Maud, ma chère, vous ne vous figurez pas que c'est pour vous que je dis cela? Vous, au moins, vous avez une figure humaine! Tandis que certains autres ne se différencient guère de l'animal... dont ils ont quelquefois la force, mais non la primitive intelligence!

— Vous cherchez des histoires, Barnett?

Le mari de Maud fixa le policier en feignant la surprise :

— C'est à moi que vous vous adressez, bonhomme?

— A vous et à personne d'autre.

Barnett se tourna vers sa femme dont la pâleur s'accentuait d'instant en instant.

— Vous auriez cru que ça parlait, des choses comme ça, chérie?

La « chose comme ça » se leva, vint tranquillement à Terence, l'empoigna solidement par le col de sa chemise, le leva de dessus son siège et annonça :

— Vous allez tout de suite me présenter vos

excuses, Barnett, sinon comme je ne suis pas en service, je vous casse la gueule, compris?

A moitié étranglé, Terence hoqueta :

— Allez... Vous... Vous faire fou... tre! Es...pèce de... de... chimpanzé!

En réponse l'énorme poing de Seamus frappa Barnett en plein visage. Sous l'impact du choc, le petit homme partit à reculons, à toute vitesse, heurta la porte à deux battants et sans serrure du cabinet du docteur. Elle s'ouvrit et Terence traversa tout le cabinet pour finir par s'effondrer contre le mur opposé. Au cri d'inquiétude de Maud affolée :

— Vous l'avez tué! répondit en écho le cri d'horreur de Miss Annabel Annagh qui, pour la première fois de sa jeune existence, se trouvait dans une tenue plus que sommaire, en présence de deux gentlemen qu'elle ne connaissait pas.

Le hurlement d'Annabel rendit ses esprits à Barnett qui se redressa péniblement en s'appuyant contre le mur. En parfait gentleman qui ne sait voir que ce qu'il doit voir, il ôta sa casquette pour saluer la malheureuse Miss qui essayait vainement de voiler sa quasi-nudité. Quant à Egan, trop abasourdi pour intervenir, il regardait la scène d'un œil hébété. Terence Barnett s'inclina devant la patiente :

— Bonjour, Miss Annagh... Comment allez-vous? Et votre chère maman que je n'ai pas eu l'occasion de voir ce matin à l'office?

Annabel eut un râle d'épouvante et supplia le docteur :

— Par la miséricorde divine qu'attendez-vous pour expulser cet individu?

Vexé, Barnett répliqua sèchement :

— N'ayez crainte, Miss, je me retire! Si je suis ici, c'est d'abord parce que Maud, ma femme, est souffrante, ensuite parce qu'un gorille m'a frappé en traître. D'ailleurs, je vais de ce pas, lui rendre la monnaie de sa pièce.

Plein d'une fureur vengeresse, le petit homme se précipita hors du cabinet où Egan essayait de faire revenir à elle Miss Annagh qui avait préféré prendre le parti de s'évanouir. Lorsque la demoiselle retrouva ses sens, ce fut pour assurer que le docteur aurait bientôt des nouvelles de Mr. et de Mrs. Annagh, de l'oncle Ockney et du cousin Gullen, en bref de la famille tout entière qui saurait se serrer les coudes pour venger un honneur outragé. Renonçant à démontrer à sa cliente qu'il n'était pour rien dans cette situation où le grotesque le disputait au ridicule, Egan se contenta de remarquer froidement :

— Et si vous vous habilliez, Miss?

La bouche d'Annabel s'arrondit de façon charmante sous l'effet de la surprise mais, très vite, la couleur de sa prunelle fonça, ses narines se dilatèrent, une véritable secousse nerveuse l'agita des orteils aux cheveux et elle s'apprêtait à expliquer au docteur ce qu'elle pensait de lui, de ses manières et de ses réflexions lorsque pour la seconde fois, la droite impitoyable du sergent renvoya directement Barnett, dans le cabinet de consultation où il passa comme un trait entre le docteur et sa cliente. Mais ce coup-ci, le mari de Maud, à moitié assommé, l'esprit un peu perdu ne se sentait plus en état de jouer les hommes du monde. Dans sa jugeotte un tantinet embrumée, ne subsistait plus que le désir féroce de reprendre le combat. Il fonça vers la porte et le sergent, mais sur son chemin il se heurta à Miss Annagh qui fut alors, et à son tour, projetée — elle aussi à reculons — dans le salon d'attente où son arrivée, dans le plus simple appareil, suscita une émotion profonde chez Seamus et chez Maud. Cette dernière, folle de jalousie, se jeta sur son mari :

— Voilà pourquoi tu as monté toute cette histoire? Tu voulais rejoindre cette créature?

La « créature », dans les bras du sergent aussi surpris qu'elle, sentait son esprit vaciller. Mais cette journée mémorable devait voir des événements extraordinaires, puisque Mr. Barnett accablé par les reproches imbéciles de sa femme ne put se contenir. Il lui allongea une nasarde qui l'envoya s'affaler sur le divan. Elle en rejaillit presque aussitôt, s'empara d'une potiche et la brisa incontinent sur le crâne de son époux qui s'écroula sans piper mot. Puis, elle se rua vers la femme déshabillée. Elle allait lui dévider le plus beau chapelet d'injures qu'elle connaissait lorsque, subitement, elle la reconnut. Aussitôt, son visage s'éclaira et s'inclinant gracieusement, s'enquit :

— Comment vous portez-vous, Miss Annagh?

En réponse, Annabel émit une série de gloussements stupides suivis de gémissements inarticulés et, se raidissant dans les bras du sergent atrocement embêté, tomba en catalepsie sous le choc d'une émotion dépassant ses facultés réceptrices.

Occupée avec le docteur Dooling qui recommençait à souffrir, Mrs. Gneeves n'avait point pris garde au vacarme inférieur. Dès qu'elle l'entendit de façon à s'interroger sur ses raisons et sa nature elle se précipita vers le salon d'attente.

Beaucoup plus tard, devenue une très vieille

femme, elle confiait encore à ceux qui voulaient bien l'écouter, qu'elle s'était crue le jouet d'une hallucination lorsque, pénétrant dans la pièce réservée aux clients, elle avait vu, de ses yeux vu, le sergent Coppeen, un homme respectable entre tous, tenant entre ses bras la jeune fille la mieux élevée de Boyle presque nue, tandis que Mrs. Barnett lui adressait force compliment comme si elles prenaient le thé ensemble, sans se soucier de son mari étalé à même le sol, le sang lui coulant du cuir chevelu, du nez et d'une pommette fendue.

Avec l'aide d'Egan que Norah avait convaincu de sortir de son cabinet où il boudait, les dégâts physiques furent plus ou moins réparés, Miss Annagh, rhabillée par les soins de Norah, installée dans un coin de la cuisine pour échapper aux curiosités malveillantes, buvait une tasse de thé, l'esprit bloqué, incapable de comprendre ce qui s'était passé et pourquoi, venue consulter le médecin, elle s'était retrouvée en combinaison dans un salon, sous les regards de gens qu'elle connaissait à peine, et dans les bras d'un policier qui aurait pu être son père. Terence Barnett, pansé, lesté d'une bonne dose de whisky, avait regagné sa demeure au bras de Maud qui, oubliant son anémie chronique, frétillait d'avance du plaisir qu'elle dégusterait à raconter l'invraisemblable aventure d'Annabel Annagh, une personne de si bonne réputation. Quand tout le monde eut quitté la maison, Mrs. Gneeves se contenta de dire au sergent :

— Je n'aurais pas cru cela de vous, Seamus Coppeen... Vous me décevez !

Quelques jours plus tard, on devait apprendre que

Miss Annagh se reposait dans une clinique de Sligo pour y soigner une sorte de dépression nerveuse.

Après la réflexion de Mrs. Gneeves, le sergent était demeuré muet, trop scandalisé par l'injustice d'une femme qu'il estimait et respectait. Puis, il eut recours à l'éloquence pour élucider le mystère. D'abord incrédule, Norah finit par se rendre à l'évidence surtout lorsque le docteur vint lui-même confirmer les dires du policier en demandant si toutes les clientes de son oncle souffraient de désordres mentaux? Peu à peu, cependant, tout se calma et Egan, averti que Seamus voulait lui parler, l'introduisit dans son cabinet.

Le jeune médecin commençait à douter de ses capacités pour succéder à son oncle. A la vérité, il ne se sentait pas le courage d'affronter tous les jours des clientes du genre de Miss O'Brien ou de Miss Annagh sans compter les Terence Barnett qui prenaient son cabinet pour un ring de combat ou un Eoin Clongarre avec lequel il fallait se livrer à une sorte de chasse à courre avant de pouvoir lui administrer une piqûre!

— J'espère que vous, sergent, en honnête fonctionnaire, vous êtes atteint d'une bonne et sérieuse maladie, une de celles connues par la faculté et que je vais vous soigner sans avoir à appeler les pompiers?

— Je regrette, docteur, mais... je ne suis pas malade.

— Sans blague?

— Sans blague.

Egan se tapa sur la cuisse.

— Celle-là, c'est la meilleure! Nom d'un chien, sergent, savez-vous que je suis en train de me demander comment l'oncle Owen a pu gagner sa vie à Boyle? Et, sans manifester une indiscrétion qui pourrait vous choquer, sergent, oserais-je me permettre de vous demander pour quelle raison vous êtes assis en face de moi, dans ce cabinet?

— Pour vous parler de la mort de Patsy Lackan.

Aussitôt ramené à son chagrin, O'Meara murmura :

— C'est indispensable?

— Absolument.

— Pourquoi?

— Parce que depuis une heure ou deux vous comptez parmi les suspects.

— Une plaisanterie, sergent?

— Pas sur un pareil sujet, docteur.

— Alors, on me soupçonne d'avoir tué ma Patsy?

— N'allons pas si vite, docteur! Simplement, j'ai quelques questions à vous poser et j'aimerais que vous y répondiez clairement?

— Essayons!

— Docteur... Avant-hier soir, samedi, vous vous êtes rendu à la réunion de boxe?

— Ne nous y sommes-nous pas rencontrés?

— D'accord, mais ce que je voudrais savoir c'est si vous êtes resté jusqu'à la fin.

— Ne vous rappelez-vous plus que vous êtes venu me chercher pour constater le décès de mon confrère? J'étais d'ailleurs en assez fichu état.

— Je me suis mal exprimé... Ce que je souhaiterais entendre de votre bouche, docteur, c'est si, à un moment quelconque de la soirée, vous vous êtes absenté, si vous avez quitté la salle.

Egan eut une imperceptible hésitation qui n'échappa pas au policier.
— Non.
— Curieux...
— En quoi?
— Quelqu'un vous a vu quitter la maison de Lisgoold à peu près à l'heure où on assassinait Miss Lackan, quelqu'un qui vous connaît parfaitement et qui n'est pas une personne susceptible de transiger avec sa conscience.
— Qui est-ce?
— Nous ne pouvons livrer le nom de nos témoins avant qu'ils ne soient cités à la barre, docteur. Alors, d'après vous, cette personne ment ou se trompe de bonne foi?
— Sans aucun doute!
Il y eut un assez long silence pendant lequel le sergent feignit de réfléchir profondément, puis :
— Ce qui est embêtant, docteur, c'est que je me souviens fort bien maintenant, qu'ayant voulu vous parler juste avant le grand combat, je ne vous ai pas trouvé à votre place.
— C'est que j'étais ailleurs!
— Justement, docteur, justement! Cet ailleurs, vous pourriez me dire où il se situait?
— Comment me le rappeler? Peut-être du côté de Lisgoold?
Seamus secoua la tête.
— Non, docteur, car je m'y suis rendu. Voyez-vous, je craignais tellement une nouvelle empoignade entre Lisgoold et vous, que pendant toute la soirée, j'ai veillé à ce que vous ne vous approchiez pas l'un de l'autre... Je n'ai guère quitté Lisgoold de l'œil.

Avec son veston à carreaux blancs et noirs et son feutre gris clair, on le repérait de loin... Disons que j'avais plus confiance en vous, et, par-là, moins envie de vous surveiller... J'ai peut-être eu tort. Docteur, pourquoi n'étiez-vous pas aux fauteuils d'orchestre?

— Mais parce que... Parce que...

— Parce que vous teniez à demeurer près de la porte? Docteur, vous avez loué une voiture ces jours-ci?

— Oui.

— Pourquoi stationnait-elle, tous feux éteints, samedi soir, pendant que vous étiez à la réunion de boxe, dans une rue proche de celle où habitait Christy Lisgoold et Patsy Lackan?

Comprenant qu'il était perdu, Egan ne répondit pas. Doucement, Seamus Coppeen déclara :

— Je pense que vous agiriez sagement en me confiant votre histoire, docteur.

Alors, O'Meara parla. Il raconta son amour pour Patsy, sa désillusion lorsqu'il avait appris, en revenant à Boyle, la trahison de la jeune fille. Puis, sa rencontre avec Lisgoold, leur bataille. Comment, un soir, Patsy s'était retrouvée dans ses bras, leur commune résolution de fuir pendant la séance de boxe où la jeune Lackan savait que Chris assisterait. Enfin, Egan avoua son amertume, sa colère, sa terrible déception lorsque, ayant longuement sonné à la porte de Patsy, la bien-aimée n'avait pas répondu et comment, le cœur gros, il avait rejoint la salle où son copain Sean Lackan combattait pour le titre.

— Quelqu'un était-il au courant de vos préparatifs de départ, en dehors de la victime?

— Mrs. Gneeves.

— Ah?... Et, elle vous approuvait?
— Non.
— Mais vous étiez décidé à partir quand même?
— J'aimais Patsy depuis toujours.
— Oui... Ce qui est vraiment embêtant, docteur, c'est que Lisgoold, lorsqu'il a trouvé sa compagne morte, n'a pas aperçu la moindre valise, le plus petit paquet qui pût être interprété comme une volonté de fuite...
— Je ne vois pas d'explication.
— Moi, si... A condition d'admettre que Patsy Lackan, après réflexion, ait préféré demeurer à Boyle plutôt que de vous suivre au Canada? Voilà comment on peut voir les choses : vous arrivez à votre rendez-vous. Vous sonnez. On ne vous ouvre pas. Patsy qui n'a pas le courage de vous apprendre sa nouvelle décision n'allume pas, espérant vous donner à croire qu'elle est sortie. Mais, contrairement à son attente, vous entrez. Elle prend peur. Elle est couchée. Elle allume l'électricité, vous voit. Tout de suite, la colère vous empoigne lorsque vous constatez qu'il n'y a point de valise préparée. Elle s'est recouchée, se moque un peu de vous, car votre désarroi la flatte. Elle est certaine de son pouvoir sur un garçon qui lui obéit depuis toujours. Elle vous explique pourquoi elle a décidé de ne pas vous suivre. C'est à ce moment peut-être, docteur, que vous avez perdu la tête, que vous avez frappé. Un seul coup sur la tempe a suffi. Après, vous êtes ressorti. C'est alors que notre témoin vous a aperçu... Vous n'avez pas l'impression que c'est là presque un aveu docteur?
— Je ne suis pas entré chez Lisgoold... J'ignorais

la mort de Patsy lorsque j'ai rencontré cette folle d'O'Brien.

— C'est vous qui le dites, docteur, et vous seul.

— Mais enfin, comment serais-je rentré chez Lisgoold?

— Mrs. Gneeves a habité cette maison il y a bien longtemps, avant d'entrer au service de votre oncle, mais, après enquête, je me suis aperçu que les serrures n'ont jamais été changées depuis la construction de cette demeure... Il n'est pas impossible que Mrs. Gneeves ait gardé une clef.

— Pendant près de trente ans?

— Pourquoi pas? Dans ma cave, j'ai des épaves qui datent de mon enfance!

— Non seulement, sergent, vous m'accusez de meurtre, mais encore vous tenez Norah pour complice?

— Je ne le pense pas. Cette clef, vous vous en êtes emparé sans qu'elle le sût et parce qu'elle n'en soupçonnait peut-être même plus l'existence.

— Tandis que moi, je n'ignorais pas que parmi les vieilleries que Norah à entreposées dans un coin du grenier, se trouvait une clef de son ancienne habitation? Sergent, vous ne sentez pas à quel point tout cela est ridicule? Et avec quoi aurais-je frappé Patsy?

— Je l'ignore.

— Ah! Tout de même, vous admettez que vous pouvez ignorer quelque chose de mes faits et gestes, cette nuit-là?

— Mais, j'ai ma petite idée... Voulez-vous me montrer les instruments que vous emportez dans votre trousse lorsque vous vous rendez chez un malade?

Son mot dire, Egan s'en fut chercher son sac, l'ouvrit et en renversa le contenu sur le bureau. Tout de suite, le sergent s'empara du marteau à réflexes.

— Voilà qui ferait bien l'affaire...

— Quelle affaire?

— Je me comprends!

Seamus Coppeen se leva pesamment.

— C'est par amitié pour votre oncle gravement malade, par respect pour Mrs. Gneeves et pour ne pas susciter un scandale en ville tant que ce n'est pas absolument indispensable, que je ne vous demande pas de me suivre au commissariat, docteur. Cependant, ne quittez Boyle sous aucun prétexte, sans cela nous serions dans l'obligation de lancer un mandat d'arrêt contre vous.

Egan ne répondit pas. Ainsi que Miss Annagh, un instant plus tôt, il se voyait le jouet d'une fatalité contre laquelle aucun élan de la raison ne prévaudrait. Au fond, il n'était pas plus effarant de soupçonner O'Meara d'avoir tué Patsy Lackan que de penser à l'attitude et à l'absence de costume d'Annabel dans les bras du sergent Coppeen. Il est des coups du sort qu'on ne saurait parer, pas même amortir. Egan se doutait bien que le sergent prendrait son silence pour un commencement d'aveu mais il n'avait pas envie de parler. Au surplus, qu'aurait-il dit?

Le policier quitta la pièce sans que le jeune médecin en prît nettement conscience.

En sortant du bureau d'Egan, Seamus vit Mrs. Gneeves se dresser devant lui et barrer le passage. Elle était pâle et Coppeen comprit qu'elle était au courant.

— Vous avez entendu?

Elle fit signe que oui.

— Vous avez l'habitude d'écouter aux portes, Mrs. Gneeves?

— Toujours... Sinon comment aurais-je consolé les malades que le docteur ne savait pas consoler?

— A ce propos, comment va-t-il, Dooling?

— Il souhaiterait vous voir.

— Moi?

— Dame! Si je vous le dis, c'est qu'il s'agit bien de vous, Seamus Coppeen. J'ai l'impression que vous n'avez plus bien votre tête à vous ces temps-ci, est-ce que je me trompe?

Il dédaigna de répliquer et grimpa l'escalier où Norah ne l'accompagna pas. Le sergent ne doutait nullement qu'en accusant presque Egan O'Meara il se mettait toute la maisonnée à dos. Il en souffrait. Il en souffrirait plus encore par la suite, mais homme de devoir, rien ni personne ne parviendrait à le pousser à transiger avec ce qu'il estimait être sa mission. Rien qu'à la façon dont le docteur Dooling, répondant au grattement de la porte, le pria d'entrer, le sergent devina que son vieil ami allait mourir. Il n'avait pas vu Owen depuis plusieurs jours et il fut tout de suite frappé par le changement survenu dans ses traits. Déjà, le nez pincé annonçait la fin. Seamus se força à une jovialité artificielle :

— Alors, doc', on tire sa flemme?

— Asseyez-vous près de moi, Seamus, et cessez de vous comporter comme un enfant. Je n'ignore pas que je vais mourir, vous non plus, alors inutile d'en parler, hein? Nous n'y pouvons rien changer. Je le regrette d'ailleurs car j'aimerais bien vivre quelques semaines encore, ne serait-ce que pour tenter de vous empêcher de commettre des sottises!

— Quelles sottises, doc'?

— Seamus... Je vous connais depuis bien longtemps... Je vous ai toujours tenu pour un homme capable dans son métier...

— Où voulez-vous en venir avec toute cette pommade?

— Que cela m'ennuie de constater que vous avez attendu presque l'âge de la retraite pour vous conduire comme un sot.

— Vraiment? Et à quel propos je vous prie?

— A propos de la mort de Patsy Lackan.

— Nous y voilà! C'est Mrs. Gneeves qui...

— Et qui serait-ce d'autre?

— Je le regrette pour vous, doc', mais votre neveu me paraît bien mal parti.

— Quel âge avez-vous, Seamus?

— Bientôt soixante.

— Et vous n'avez jamais été amoureux pour de vrai?

— Bien sûr que si!

— Alors, il doit y avoir bien longtemps!

— Pourquoi?

— Parce que vous ne vous rappelez plus ce que pense, comment agit un homme qui aime sans se poser de question. Egan aimait Patsy depuis qu'il est en mesure de rêver à autre chose qu'à son biberon. Jamais il n'a envisagé de vivre sans elle.

— Vous l'accablez, doc', en tentant de le blanchir, car cette passion dont vous me parlez, est une belle excuse pour expliquer une colère aveugle quand il s'aperçoit que celle en qui il avait toute confiance, le trahit!

— Dans les romans populaires, Seamus, ou bien chez les gens d'intelligence courte, pas chez un médecin à qui on a appris à respecter d'abord la vie, et encore moins chez un gynécologue qui met de bien fragiles existences au monde...

Coppeen grogna, gêné :

— Tout cela c'est du roman, doc'!

— Seamus... Ne me faites pas regretter l'estime que je vous ai portée ma vie durant. Je suis un vieil ivrogne, sergent, mais de mon existence, je n'ai commis une action malhonnête... Du moins en vue d'un profit personnel. Si j'avais cru, si je pensais une seconde qu'Egan soit un meurtrier, je vous le livrerais... Je hais les assassins, par goût... Par profession aussi.

— Mais Egan lui-même m'a avoué qu'il était convenu avec Patsy de fuir dans la nuit de samedi à dimanche!

— Vous apportez de l'eau à mon moulin, Seamus. Mon neveu connaissait la pitoyable aventure de Patsy Lackan — la preuve en est qu'il s'est battu avec son séducteur chez Lennox — et pourtant, il l'aimait comme avant...

— C'est même assez incompréhensible.

— Non, parce que la Patsy qu'il aimait, il l'avait tout entière dans son cœur, dans ses rêves et celle-là ne pouvait pas se mal conduire...

— Trop subtil pour moi, doc'... Je ne suis qu'un flic de petite ville...

— Eh bien! disons qu'Egan aimait trop Patsy pour lui vouloir le moindre mal, lui infliger la moindre souffrance. Ce genre d'amoureux pardonne toujours parce que sans cesse il se persuade que l'infidèle va redevenir ce qu'elle a toujours été pour lui... La tuer serait lui interdire ce retour et donc la perdre complètement, matériellement et spirituellement. Vous comprenez?

— Je ne sais pas... Je ne crois pas... Sans doute suis-je un homme trop simple, doc', pour m'y retrouver dans ces finesses... Pour moi, votre neveu pardonne à Patsy son existence scandaleuse... Là, je suis d'accord avec vous. Elle, elle s'imagine aimer encore son petit copain d'enfance... Et puis, un médecin, c'est une belle situation? Alors, comme elle a peur de Lisgoold, et lui, peur du scandale, ils décident de filer en pleine nuit... Egan prépare l'affaire et se rend à la réunion de boxe pour donner le change... Il m'a eu, d'ailleurs, sur ce point. Puis, au moment de partir, Patsy ne marche plus... Pour quelles raisons? Je l'ignore... Egan tombe alors de haut, pique une crise de colère, de jalousie et comme il a son marteau à réflexes sous la main, il le prend et cogne, il cogne trop fort. Affolé, il fiche le camp, mais sa mauvaise étoile veut qu'il se heurte à cette dingue d'Eithne O'Brien... Et voilà. Mon raisonnement ne s'appuie pas sur une psychologie bien fouillée mais sur l'expérience, doc', et sur la mentalité de la victime.

— Patsy n'était pas aussi rusée ni aussi pervertie, Seamus. C'est la petite morale bourgeoise de Boyle qui a fait de cette pauvre gosse un monstre de perversité, parce qu'elle ne se conduisait pas comme on estimait qu'elle devait se conduire.

— Il faudra expliquer cela au jury, ce sera difficile.

— Impossible parce qu'ils seront pleins de cette

petite morale bourgeoise... Dites-moi, Seamus, je crois avoir compris que Patsy a été tuée d'un coup sur la tête?

— A la tempe. Un coup assené... avec quelque chose dans le genre d'un marteau à réflexes.

— Pourquoi un marteau à réflexes? Vous en avez trouvé un sur place?

— Non, d'ailleurs ce n'est pas moi qui ai découvert le corps. Mais la forme de la plaie, de l'enfoncement, de la meurtrissure correspond exactement à la surface d'un marteau à réflexes.

— Et puisque mon neveu est médecin, c'est forcément à lui qu'appartient le supposé marteau à réflexes?

— Vous n'allez pas me dire que cela vous surprend?

— Ce qui me surprend, Coppeen c'est qu'Egan se soit rendu à une réunion de boxe en emportant cet instrument plutôt encombrant, pas vous?

Le sergent redescendait, préoccupé, de la chambre du malade. Au bas de l'escalier, Norah l'attendait.

— Alors?

— Alors, quoi?

— Il vous a convaincu que vous preniez un mauvais chemin?

— Il en faut plus que cela, Mrs. Gneeves... Toutefois, cette histoire de marteau me trouble un peu...

— Tout de même!

Seamus regarda Norah bien franchement dans les yeux.

— Pour bien des raisons, Mrs. Gneeves, je souhaite de toutes mes forces que votre protégé soit innocent... Je crois à sa culpabilité mais tant que j'aurai un doute, je ne l'arrêterai pas... Je ne veux pas infliger une peine inutile à Dooling, surtout en ce moment... Et puis, je tiens à... à votre amitié, Mrs. Gneeves.

Elle fut touchée et sa voix le trahit.

— Seamus, prenez bien garde à ne point commettre une erreur, vous le regretteriez pendant toutes les années qui vous restent à vivre. J'ai élevé Egan, il est incapable, physiquement, de me cacher quoi que ce soit... Lorsque je lui ai appris la mort de Patsy, j'ai bien vu à son désarroi, à son chagrin, qu'il n'était au courant de rien... Vous savez, Seamus, à vingt-sept ans, un garçon n'est pas tellement différent du gamin qu'il a été et dont je découvrais tous les mensonges.

— Les enfants changent sans que leurs parents s'en aperçoivent...

— Pas Egan... Il est resté le même, aussi naïf, aussi bon, aussi enthousiaste... Vous ne pouvez deviner combien il me faut le protéger, le défendre contre toutes ces folles qui, sous prétexte de consulter le médecin, tentent de séduire l'homme!

Un peu gêné, le sergent marmonna :

— J'en sais quelque chose... De ma vie, je n'ai eu si honte!

Pour éviter un attendrissement qui ne les eût menés à rien, Norah Gneeves se redressa pour lancer d'un ton définitif :

— Quant à Miss O'Brien, si vous la rencontrez, Seamus Coppeen, conseillez-lui donc de s'écarter de mon chemin!

—

Cette histoire du meurtre de Patsy Lackan ne

plaisait pas du tout à Seamus Coppeen. Sa science policière lui affirmait la culpabilité d'Egan O'Meara, mais ce qu'il savait du jeune homme, de son oncle et surtout de la chère Mrs. Gneeves, l'incitaient à admettre l'innocence de l'amoureux de Patsy. Ah! qu'il eût aimé, le sergent, convaincre de ce meurtre Christy Lisgoold, le suborneur! Mais pas mèche : pendant toute la réunion de boxe, c'est-à-dire pendant qu'on tuait Patsy, Seamus n'avait pas quitté de l'œil la veste à carreaux du sieur Lisgoold.

Un peu avant le commissariat, le sergent rencontra Tomas Lackan, son contemporain, un homme du vieux temps, comme lui.

— Salut, Tomas...

L'autre leva sur lui un regard délavé, un regard mort et, malgré lui, Coppeen frissonna. La voix aussi semblait venir d'on ne savait où.

— Salut...

— Tomas, mon vieux, je suis content de vous voir... Nous sommes des amis de longue date, vous et moi... C'est pourquoi votre malheur me touche plus que s'il était arrivé à un jeune, enfin à un garçon qui serait moins près de moi par l'âge, par les souvenirs, hein?

— Quel malheur?

Désarçonné par la question, Seamus flotta un instant.

— Mais, Tomas, la mort de votre fille?

— Vous devez vous tromper, sergent, ma fille Katleen se porte très bien. Elle est à la ferme en train de préparer un pâté pour son père qui devient gourmand en vieillissant... Une bonne petite, ma Kate, sergent.

— J'en suis sûr, Tomas, mais... c'est de votre fille Patricia, Patsy, que je voulais parler?

— Vous devez faire erreur, sergent, j'ai pas de fille de ce nom-là!

Et, plantant là le policier, Tomas Lackan s'en fut à ses occupations. Parce qu'il devinait tout ce qu'il pouvait y avoir de misère, de douleur sous cette négation entêtée, stupide de la réalité, le rude Seamus Coppeen sentit des larmes lui picoter les yeux et Dieu sait que ça ne lui était pas arrivé depuis un sacré bout de temps!

Mike O'Hagan fumait son éternelle pipe lorsque le sergent entra dans son bureau. Les deux hommes travaillaient ensemble depuis si longtemps qu'ils n'avaient nul besoin de se parler pour se comprendre.

— Quelque chose ne va pas, Seamus?

— Je quitte Tomas Lackan.

— Comment prend-il la chose?

— Il ne la prend pas, Mike. Il affirme que Patsy n'est pas sa fille, qu'il ignore de quoi on lui parle.

— Réaction de défense, un peu puérile... mais sympathique, n'est-ce pas?

— Lisgoold ne portera pas plainte.

— Tant mieux!

— J'ai été chez O'Meara.

— Et alors?

— C'est moche, Mike... Si j'étais plus jeune, je vous collerais ma démission.

— A ce point-là, Seamus?

— A ce point-là, Mike.

Ils restèrent un moment sans rien dire puis le sergent ajouta :

— Le vieux Dooling va mourir... Une question de jours, peut-être d'heures.

— Il s'en doute?

— C'est lui qui me l'a appris.

— Comment prend-il la chose?

— En bon Irlandais.

De nouveau, ils se turent. Soudain, comme se parlant à lui-même, le commissaire murmura :

— Peut-être qu'on pourrait attendre avant d'arrêter son neveu, histoire de le laisser mourir en paix?

— Je ne crois pas qu'il meure en paix, Mike, si je ne me débrouille pas pour mettre la main au collet du meurtrier de Patsy Lackan.

— Mais...

— Il est persuadé, Mike, qu'il ne peut s'agir d'Egan, et il a des arguments qui tiennent debout.

— Jusqu'à vous convaincre de l'innocence d'O'Meara?

— Presque.

***

N'ayant pas rencontré Eithne O'Brien, le sergent n'eut pas l'occasion de la mettre en garde et c'est la raison pour laquelle, le lendemain de la visite de Seamus au docteur Dooling, les chemins de Mrs. Gneeves et de Miss O'Brien se croisèrent chez Dion O'Neill, l'épicier.

Chez les O'Neill, on régnait de père en fils, depuis trois générations, sur les paquets de thé, les boîtes de porridge et les sacs de mélasse. C'est dire que cette famille d'épiciers appartenait en quelque sorte au trésor public de Boyle, que chacun la respectait et que les O'Neill enfin, connaissant le passé de presque tous les habitants de la ville, ne servaient que ceux qu'ils jugeaient appartenir au monde-comme-il-faut. Aussi, être admis en qualité de client ou de cliente chez O'Neill valait en quelque sorte un brevet de qualité pour l'obtention duquel, plus d'un s'avouait capable de toutes les bassesses.

A l'époque de la mort tragique de Patsy Lackan, le vieux Dion O'Neill, du haut de ses soixante-quinze ans, assis à la caisse, veillait à ce que nulle brebis égarée n'osât se mêler au troupeau des élus. Il saluait chacun en l'appelant par son nom et par son prénom, car il possédait une mémoire fantastique et ne se trompait jamais lorsqu'il s'enquérait auprès de celui-ci ou de celle-là de la santé de cousins, de tantes ou d'oncles par alliance. Miss O'Brien comptait parmi les clientes privilégiées, sa grand-mère se servant déjà chez les O'Neill; par respect pour le docteur Dooling, Mrs. Gneeves avait droit aux mêmes égards.

Ce matin-là, Miss O'Brien ayant achevé ses emplettes, payait ce qu'elle devait lorsque Norah pénétra dans le magasin. Aussitôt, une sorte de frisson généralisé parut courir à travers la clientèle et Dion O'Neill resta la main levée, oubliant de poser la monnaie qu'il tenait entre les doigts. Bridie, sa petite-fille, qui servait de la mélasse, la mit à côté du papier, et Frank, fils et héritier direct de Dion, occupé à remplir une bouteille d'alcool à brûler, ne prit pas garde que le récipient plein, débordait, ce qui occasionna bien du gâchis. Miss O'Brien, à la seule façon dont Mrs. Gneeves la regarda, comprit qu'elle n'éviterait pas une explication désagréable mais, forte de son bon droit, elle résolut d'attaquer la première pour s'assurer tout de suite un avantage qu'elle espérait définitif. Dans le silence qui suivit l'arrivée de Norah, Miss O'Brien remarqua très haut :

— Permettez-moi de vous dire, Mr. O'Neill, que je vous ai connu plus délicat sur le choix de votre clientèle!

C'était là une maladresse, car aussitôt, Dion O'Neill, humilié, passa dans le camp de Mrs. Gneeves. Cependant, avant qu'il eût trouvé la réponse cinglante dont il souhaitait punir l'insolence de Miss O'Brien, cette dernière ajoutait :

— Si un jour on m'avait prédit que chez Dion O'Neill je serais obligée de côtoyer une femme qui a élevé un assassin, je ne l'aurais pas cru!

Dion s'étrangla de fureur :

— Miss O'Brien!

Mrs. Gneeves posa son panier, appuya son parapluie contre un rayon, retroussa la manche droite de son pull-over, s'approcha paisiblement de Miss O'Brien qui la regardait faire, incrédule, et à toute volée lui flanqua son poing sur le nez. Eithne s'écroula, trop stupéfaite pour ressentir la douleur et pour crier. Femmes, mères, sœurs d'hommes qui se cognaient dessus du moment qu'ils venaient au monde, ou presque, les clientes admirèrent la vigueur et la précision du direct de Norah. Se moquant des règles élémentaires du noble art, Mrs. Gneeves fonça sur sa victime, l'empoigna par les cheveux, la releva, lui administra un uppercut du gauche qui souleva un murmure d'admiration et fit cracher son dentier à Miss O'Brien, laquelle serait retournée au sol si la gouvernante du docteur Dooling ne l'avait rattrapée au vol uniquement pour pouvoir lui coller un crochet du droit dans l'estomac. Avec un long sifflement rappelant celui d'une baudruche crevée, Eithne tomba pour ne plus se relever. Mrs. Gneeves jeta un regard méprisant sur sa victime et promenant un œil sévère sur l'assemblée, conseilla :

— Que cela soit une leçon pour toutes les calomniatrices! Egan O'Meara est un brave garçon, malheureux, et il faut être la dernière des dernières pour salir un homme qui souffre... Mr. O'Neill, je reviendrai quand on aura balayé votre magasin et je vous remercie de votre compréhension.

Le vieillard se dressa et devant sa clientèle qui guettait sa réaction affirma :

— Mrs. Gneeves, j'ai toujours eu la plus grande estime pour vous, mais la manière dont vous venez de vous comporter vous vaut mon admiration. Je n'ignore pas que le docteur Egan O'Meara est le meilleur garçon du monde. D'ailleurs, élevé par vous, il ne pouvait en être autrement. Vous avez le droit d'être fière Mrs. Gneeves et je vous remercie de fréquenter ma maison où vous serez toujours la bienvenue!

On eut beaucoup de mal à ranimer Miss O'Brien. On dut lui baigner les tempes, lui entonner de l'alcool de mauvaise qualité, lui mettre du vinaigre sous le nez pour qu'elle daignât reprendre une notion exacte du monde. Lorsqu'elle fut à peu près rétablie, elle fondit en larmes et se répandit en menaces horribles que son absence de dentier transformait en un long chuintement. C'est alors que Dion O'Neill prit de nouveau la parole.

— Miss O'Brien, votre mère était une honnête femme et votre père un homme à qui j'avais plaisir à serrer la main. S'ils vous voient en ce moment, ils doivent être, comme moi, indignés par votre comportement. Miss O'Brien, je suis au regret de vous annoncer que dorénavant, si vous souhaitez vous éviter des affronts, je vous serais obligé de porter votre clientèle ailleurs.

Par ce décret sans appel, Boyle tout entier, apprit qu'Eithne O'Brien n'était plus une personne comme il faut.

CHAPITRE IV

Mike O'Hagan et Seamus Coppeen lisaient en commentant le rapport du médecin légiste de Sligo venu autopsier la dépouille de Patsy Lackan. Si les conclusions du praticien obligeaient les deux policiers à abandonner des idées préconçues — tel l'emploi du marteau à réflexe — il n'apparaissait pas qu'elles dussent entraîner la mise hors de cause d'Egan O'Meara, au contraire. Repoussant les paperasses encombrant son bureau, le commissaire grogna :

— Je ne vois pas trop pourquoi ni comment nous pourrions éviter d'amener O'Meara dans ce bureau afin d'interrogatoire?

— Je ne le vois pas non plus, Mike.

Un agent entra, suffisamment ému pour avoir omis de frapper, et arracha les deux policiers à leurs méditations mélancoliques.

— Monsieur le commissaire!

— Qu'est-ce qu'il y a, O'Rourke?

— Un scandale! Terrible!

— Où ça?

— Chez Dion O'Neill.

— Ce n'est pas vrai?

On eût appris à O'Hagan et à Coppeen que des gens sans pudeur se livraient à des danses plus ou moins lascives dans la maison de Dieu sous l'œil indifférent du Père O'Donoghue qu'on ne les eût pas trouvés plus incrédules.

— Vous êtes certain de ce que vous avancez?

— Certain, monsieur le commissaire! Norah Gneeves a flanqué une telle raclée à Miss O'Brien qu'elle l'a quasiment laissée pour morte!

— Et comment a réagi le vieil O'Neill?

— Il a assuré Mrs. Gneeves de sa parfaite considération et a prié Miss O'Brien de ne plus remettre les pieds dans son magasin.

O'Hagan regarda son adjoint :

— O'Neill, c'est l'opinion publique, Seamus... Il faudra prendre toutes les précautions possibles pour le boulot qui nous attend.

Affirmer que Coppeen montrait une mine souriante lorsqu'il se leva pour aller chez O'Meara serait mentir.

— Bon... Eh bien! J'y vais... Je passerai un savon à Mrs. Gneeves, avant de dire deux mots à O'Meara... Je le ramène?

— Puisqu'il le faut :

O'Rourke intervint :

— Si c'est chez le docteur Dooling que vous vous rendez, sergent, je vous signale que le Père O'Donoghue a été appelé au chevet du malade... M'est avis que la fin n'est plus bien loin, maintenant.

***

Ils s'observaient d'un œil plein de soupçon et de hargne. Malgré l'approche d'une nuit définitive, Owen

Dooling gardait l'esprit clair. Il rageait d'avoir été mis dans l'obligation de convoquer son adversaire de toujours, le Père O'Donoghue. Quant à ce dernier, oubliant les impérieuses recommandations de la charité chrétienne, il goûtait l'âpre plaisir des revanches longuement espérées. Le Seigneur l'avait exaucé en lui livrant enfin ce pécheur abominable, pieds et poings liés par la peur de la mort, en vue d'une lessive qui serait connue de tout Boyle et renforcerait, s'il en était besoin, la gloire de Dieu dans le cœur des égarés. Owen porta la première attaque.

— Vous jubilez, hein?

Le Père affectant une mine des plus franchement hypocrites, susurra d'une voix qu'il s'efforçait de rendre aussi anodine que possible :

— Mon fils...

— Ne m'appelez pas ainsi! Vous feriez monter ma fièvre! Je m'en voudrais d'avoir un père tel que vous!

Le prêtre ferma les yeux, se donna le temps de réciter un Ave pour calmer la fureur de son sang irlandais et se répéter qu'il était là pour consoler. Cependant, il ne put s'empêcher de remarquer :

— Si vous vous imaginez que je serais flatté d'avoir un fils vous ressemblant!

— Eh bien! pour une fois, nous sommes d'accord! Alors, cette absolution, c'est pour quand?

— Pardon?

— Pourquoi êtes-vous là?

— Pour entendre le récit inépuisable de vos péchés tous plus ignobles les uns que les autres et, si je juge votre repentir digne de foi, vous pardonner au nom de l'Éternel avec qui vous irez en définitive régler vos comptes! Allez! Ouste! Au travail!

Le docteur Dooling frisa l'apoplexie et faillit être emporté par un coup de sang. Quand il retrouva l'usage de la parole, il hurla aussi fort qu'il le pouvait encore :

— Foutez l' camp

— Jamais!

— Sortez de chez moi!

— Non! Je suis ici au nom du Seigneur! On ne met pas Dieu à la porte, même quand on s'appelle Owen Dooling et qu'on se vante d'être le plus fameux païen de tout le comté! Sur ce, taisez-vous!

— Alors, vous n'attendez même pas que je sois mort pour imposer vos volontés?

— Mort ou vivant, cela m'est égal, car c'est à votre âme que j'ai affaire, et votre âme est immortelle! Je vous écoute!

— Rien à vous dire!

— Pourquoi m'avoir envoyé chercher dans ce cas?

— Pour plaire à Mrs. Gneeves... Je lui devais bien cette satisfaction.

— Ce n'est pas Mrs. Gneeves qui est en danger d'être damnée, mais vous!

— J'en discuterai avec votre Patron. J'en profiterai d'ailleurs pour lui glisser deux mots sur la manière dont le Père O'Donoghue s'acquitte de sa tâche!

— Ça suffit! Vos sarcasmes, vos forfanteries, j'en ai marre. Vous vous confessez, oui ou non?

— Non!

— Ah! c'est comme ça, hein?

Cédant à la pression sanguine qui lui ôtait la raison, le curé de Boyle empoigna Owen Dooling par le col de sa chemise et le secoua :

— Vous allez vous repentir, bougre de mécréant!

Suppôt de l'enfer? Vous allez les énumérer vos péchés?

A moitié suffoqué, Owen commença à râler et le Père le lâcha.

— A... A... Assa...ssin!

— N'exagérons pas! Vous avez toujours été un type à histoires!

C'est ce moment que choisit le sergent pour se présenter dans la maison du docteur. Alors qu'il s'apprêtait à expliquer la raison de sa présence à Mrs. Gneeves, de l'étage supérieur parvinrent tout ensemble un bruit de chute, un rire cassé mais encore fort clair, l'écho d'un verre se brisant et une rumeur de querelle véhémente. Intrigué, le policier s'enquit :

— Qu'est-ce qui se passe là-haut?

— Le Père O'Donoghue est en train de confesser le docteur.

— Vous en êtes certaine?

— Pourquoi?

— Parce que j'ai l'impression que c'est plutôt un match de catch qui se livre au-dessus de nous.

Le Père et le mourant se regardaient avec des yeux flambant de colère et puis, tout d'un coup, sans savoir ni pourquoi ni comment, ils se mirent à rire. Le curé convint :

— Vous me manquerez, Owen!

— Eh bien! Profitez du voyage! Je vous emmène?

— Je n'ai pas le droit d'anticiper sur la volonté du Seigneur!

— Surtout, vous avez la trouille!

— Je l'avoue... Je m'étonne que vous ne l'ayez pas!

— Oh! moi, Père, j'en ai tant vu mourir... Et puis,

au fond, je ne suis pas tellement fâché de savoir enfin ce qu'il y a de vrai dans toutes vos histoires!

— Impie!

— Écoutez, curé, si vous recommencez à m'engueuler, je meurs tout de suite afin d'être en état de péché mortel, par votre faute!

— Bon, je me tais... Maintenant, mon vieux, soulagez-vous, racontez-moi ce que fut votre existence d'iniquités.

— Dois-je vous parler de toutes les dames de Boyle qui eurent la bonté de s'intéresser à moi, au cours de ma vie?

— En gros, sans entrer dans le détail, je vous prie.

Le docteur Dooling parla près d'une demi-heure. A dire vrai, il prenait un certain plaisir à ressusciter les années enfuies. Il s'attardait avec complaisance sur ses bonnes fortunes, avec orgueil sur sa progression continue quant à sa capacité d'absorption de whisky. Par instants, il s'arrêtait dans son récit comme pour savourer une heure enfuie depuis longtemps mais dont le seul rappel réchauffait le cœur. Rouge jusqu'aux oreilles, le front emperlé de sueur, le Père O'Donoghue écoutait, poussant des soupirs indignés, des grognements réprobateurs, de courtes plaintes qui étaient autant d'appels à la miséricorde divine. Quand enfin, Owen Dooling se tut, le curé parut s'éveiller d'un long cauchemar et affirma d'une voix douloureuse :

— Pour peu que le Seigneur soit de mauvaise humeur, je ne vois pas comment vous vous en tirerez! De plus, il me semble que vous n'avez pas complètement vidé votre sac? Vous ne m'avez pas parlé de Norah Gneeves?

— De Norah? Et qu'est-ce que vous voulez que je vous raconte sur Norah?

— Au point où vous en êtes, Owen Dooling, plus rien ne doit vous retenir sur le chemin de la vérité... Si vos... Comment m'exprimerais-je?... Si vos rapports avec Mrs. Gneeves n'ont pas toujours été ceux d'un maître et d'un domestique, vous devez me le confesser!

— Vraiment, Père, vous avez l'esprit tordu! Norah a toujours été pour moi la plus dévouée des servantes! Rien d'autre!

— Enfin, un geste propre dans votre existence! Vous avez eu raison de ne pas trahir la confiance qu'elle mettait en vous.

— Oh! ce n'est pas tellement ça!... Si j'en avais fait ma maîtresse, c'est elle qui aurait commandé et, entre nous, j'ai toujours préféré le whisky aux femmes. Et vous?

Le Père sursauta.

— Owen Dooling, dois-je vous rappeler au respect de ma robe?

Le docteur fermant les yeux, s'allongea en murmurant :

— Si on ne peut plus plaisanter, j'aime autant filer tout de suite...

— Cramponnez-vous encore un moment, Owen, que je vous donne l'absolution. Ce n'est pas que vous la méritiez mais j'ai toujours éprouvé une faiblesse pour vous... Je crains que cela ne me soit reproché plus tard... D'ailleurs dites donc, mon vieux, et si j'en profitais pour vous administrer l'extrême-onction?

— Vous ne pouvez pas...

— Et pourquoi?

— Parce que je ne vous ai pas tout confessé... Pas le plus grave...

— Mon Dieu!

— Si vous commencez à gémir maintenant, qu'est-ce que vous ferez lorsque je vous aurai mis au courant?

— Bon... D'accord. Je vous écoute : plus vite on en aura terminé et mieux ce sera!

— Penchez-vous vers moi, Père...

Le curé se pencha, le malade lui chuchota quelques mots à l'oreille et le prêtre se rejeta aussitôt en arrière comme si un serpent l'avait piqué.

— Non?

— Si.

— Malheureux!... Je ne sais pas si j'ai le droit de vous pardonner... Vous repentez-vous, au moins?

— Non.

— Ça n'arrange rien!

Durant que se déroulait cette étrange confession, le sergent essayait de convaincre doucement, avec infiniment de précautions Mrs. Gneeves que le faisceau de charges contre Egan devenait de plus en plus lourd. Mais la gouvernante haussait ses fortes épaules :

— Seamus, ce n'est vraiment pas la peine d'avoir votre expérience pour commettre de pareilles erreurs. Je vous jure devant Dieu et devant les hommes que mon garçon est aussi innocent qu'un agneau venant de naître! En l'arrêtant, non seulement vous commettriez une erreur mais encore une mauvaise action que je ne vous pardonnerais jamais!

— Mais enfin, Norah, mon métier veut que j'arrête les coupables!

— Sans doute mais pas les innocents!

— Miss O'Brien ne croyait pas à l'innocence d'Egan.

— Celle-là, elle n'est pas près de se mêler de ce qui ne la regarde pas!

— Mrs. Gneeves, je vous admire depuis longtemps mais... vous m'inspirez quelque crainte...

Elle ne put s'empêcher de rire.

— Je me demande bien de quelle façon je pourrais effrayer un colosse tel que vous, Seamus Coppeen?

— Si je ne vous redoutais pas, Norah Gneeves, il y a longtemps que je vous aurais dit que j'aimerais bien finir ma vie avec vous.

— Si je ne me trompe, c'est une demande en mariage?

— Je crois bien que oui, Norah.

— Et pour me décider, vous voulez arrêter mon garçon? Êtes-vous stupide, Seamus Coppeen, ou me prenez-vous pour une idiote?

Loin de se douter que par sa seule existence, il risquait de briser à jamais un couple pas encore formé, Egan O'Meara frappait à la porte de la ferme des Lackan. Il reconnut la voix de Kate lui criant d'entrer.

Ils étaient tous réunis autour de la table. Quand ils le virent, seule Kate se leva pour aller au devant de lui :

— Egan... Comment va votre oncle?

— C'est la fin...

Ils s'arrêtèrent un instant de manger et Tomas Lackan dit :

— Un homme de bien nous quitte... Que Dieu le reçoive en Sa Grâce!

Ils se signèrent et Maeve, tout comme Kate, essuya ses yeux pleins de larmes. Tomas montra une place vide :

— Asseyez-vous, Egan, et prenez le thé avec nous... Nous sommes presque votre famille, mon garçon, maintenant, puisque ma sœur est un peu votre mère, n'est-ce pas?

— Je ne peux m'asseoir parmi vous...

Tomas suspendit sa mastication. Sean lui-même, que rien ne pouvait ordinairement empêcher de manger, releva son torse puissant pour examiner son copain de toujours. Tomas s'essuya tranquillement la bouche avant de s'enquérir :

— Exactement, ça veut dire quoi votre remarque?

— Que Seamus Coppeen est venu m'accuser d'être le meurtrier de Patsy.

Cette fois, le silence se fit plus lourd, plus dense et dura longtemps. Personne n'osait trahir ses sentiments. Tous gardaient les yeux fixés sur le père. Ce dernier se racla la gorge avant de prendre la parole :

— J'ai défendu, une fois pour toutes qu'on prononce chez moi le nom de l'éhontée. Elle a eu la fin que la colère de Dieu réserve à ceux qui mettent le déshonneur dans leur famille. Mais celui qui s'est substitué à Dieu pour la punir, si nous mettons la main sur lui avant la police, sera châtié par nous. Vous êtes innocent de ce crime, n'est-ce pas, Egan?

— Je le jure devant vous tous.

— Pourquoi le sergent a-t-il l'idée saugrenue de vous accuser?

Egan O'Meara raconta alors son projet de fuite en compagnie de Patsy et comment, il avait vainement frappé à sa porte, sa rencontre avec Miss O'Brien et sa conviction qu'une fois encore Patsy avait changé d'avis.

Ils l'écoutèrent attentivement. Quand il eut terminé, Tomas affirma :

— Je ne vous donne pas raison, mon garçon, car d'une part, vous vous apprêtiez à commettre une fameuse sottise! D'autre part, ce n'était pas correct vis-à-vis de votre oncle ni de Norah...

— Je l'avais mise au courant... Elle nous aurait rejoint Patsy et moi, au Canada.

Déconcerté par cette révélation, Tomas se contenta de grogner :

— Décidément, les femmes sont folles!

Alors, Maeve entra en scène.

— Elles ont surtout du cœur, Tomas Lackan. C'est ce qui vous manque, à vous! Vous parlez de votre fille comme on n'oserait pas parler d'une prostituée! Moi, je vous dis que c'est honteux! Si vous parlez de cette façon, c'est que vous n'aimiez pas votre enfant!

Tomas, blanc comme un linge, intima d'une voix sourde :

— Taisez-vous, Meave, ou pour la première fois de notre vie commune, je vais vous frapper!

Sean ramena ses jambes, prêt à sauter sur le père pour l'empêcher de lever le bras sur la mummie. Meave ne s'arrêta pas :

— Voilà un garçon qui aimait votre fille pour de vrai et qui savait que l'amour c'est autre chose que ces sales histoires! Lui, il pardonnait! Lui, il était prêt à tout oublier! Lui, il était décidé à tout recommencer!

A ce moment, Maeve vit le visage désespéré de sa cadette et son cœur creva. Elle la prit dans ses bras et pleura avec elle tout en la couvrant de baisers, en lui chuchotant :

— Pardonnez-moi, Kate... Mais, vous savez, le temps finit par tout effacer.

Lorsque le Père O'Donoghue redescendit de chez le docteur Dooling, en plus d'une tenue un peu débraillée, il montrait un visage tel que le sergent ne put s'empêcher de lui demander ce qui s'était passé dans la chambre du malade.

— J'ai confessé ce païen d'Owen et j'ai fini par le ramener à Dieu... Ça a été dur!

— Je m'en aperçois!

— Owen et moi n'étions pas du même avis. Nous avons échangé nos arguments... A propos, Mrs. Gneeves, le docteur m'a prié de vous dire que vous pouviez tout avouer à Coppeen si vous le jugiez nécessaire... Il estime que pour lui, il n'a plus à se préoccuper de l'opinion de la terre, seul l'intéresse le Ciel désormais!

Mrs. Gneeves regarda le prêtre d'un œil soupçonneux.

— Il vous a vraiment raconté ça, monsieur l'Abbé... à propos du Ciel?

— Disons que je l'ai persuadé d'exprimer cette sainte pensée, pour son salut bien entendu, ma fille...

Le Père O'Donoghue selon un geste qui lui était familier remonta sa soutane d'un mouvement des épaules et conclut assez étrangement :

— Pour un beau match, ce fut un beau match que le Bon Dieu a fini par gagner!

Seamus secoua pensivement la tête et tandis que le prêtre sortait, remarqua :

— A sa place, je serais moins sûr de moi! Et maintenant, Norah, vous n'avez rien à me confier?

Elle hésita.

— Je... Je ne sais pas et puis... j'ai peur que ce soit mal...

— Mal?

— En dépit de sa permission, j'aurais l'impression de le trahir.

— Qu'est-ce que c'est encore que cette histoire?

— C'est au sujet de la nuit où ma nièce a été tuée...

— Oui, et alors?

— Cette nuit-là, vers onze heures, j'étais inquiète pour le docteur...

— Lequel?

— Le docteur Dooling, bien sûr! Alors, je me suis levée pour me rendre dans sa chambre. J'ai ouvert tout doucement, j'ai tendu l'oreille. Je n'ai pas perçu le moindre bruit de respiration. Affolée, j'ai donné la lumière et...

— ... Et?

Il n'était pas dans son lit!

— Il se trouvait peut-être aux...

— J'y ai jeté un coup d'œil. Très vite, j'ai dû me rendre à l'évidence : le docteur avait quitté la maison!

— Quitté la maison!

— D'ailleurs, il manquait son gros manteau, son chapeau mou et sa canne.

— Qu'avez-vous fait?

— J'ai guetté son retour. Il est rentré vers minuit.

— Il vous a vue?

— Et comment! Je ne lui ai pas caché ma façon de penser sur sa conduite! Alors...

Sa voix expira sur ses lèvres. Elle dut s'asseoir, ses

mains tremblaient et Seamus, ému devant cette détresse qu'il ne savait comment soulager, demeurait les bras ballants, empêtré dans sa timidité.

— ... Alors, il m'a avoué qu'il venait de chez Chris Lisgoold... Il m'avait dérobé la clef que je gardais comme les vieilles gens conservent des tas de choses inutiles... Il avait eu une discussion avec ma nièce... Pour la supplier de laisser Egan tranquille... Il paraît qu'elle lui a ri au nez! Alors, il l'a frappée... La colère lui a rendu pour une seconde, malheureusement, sa force... Patsy est morte sur le coup, paraît-il...

— Owen Dooling, un meurtrier!

Tassée sur sa chaise, Norah pleurait sans bruit. Seamus la considéra longuement, perplexe.

— Naturellement, Norah, vous n'oseriez pas faire un faux témoignage?

Elle secoua négativement la tête.

— Vous jureriez sur la Bible, si je vous le demandais?

— Bien sûr, Seamus.

— Dans ce cas, je monte voir Dooling.

En voyant entrer le sergent, le docteur Dooling se redressa un peu sur sa couche.

— Salut, Coppeen, vous avez été long... Au point où j'en suis, je ne peux plus me permettre de gaspiller les minutes.

— Vous pensiez que j'allais venir?

— J'avais permis à Norah de vous parler si le cœur lui en disait.

— Ainsi, docteur Dooling, vous vous reconnaissez coupable du meurtre de Patsy Lackan?

— Oui.

— Pourquoi?

— Pour que ma vie n'ait pas été gâchée pour rien.

— Expliquez-moi ça, doc'?

— Seamus, mon vieux, essayez de comprendre que lorsque mon beau-frère est mort, je me suis senti des devoirs vis-à-vis de ma sœur veuve, mais ces devoirs n'allaient quand même pas jusqu'à renoncer à vivre, à me marier, à avoir des enfants. Lorsque Grainne disparut à son tour, laissant un petit garçon, tout a été fini pour moi. Je résolus de me consacrer à Egan. J'eus la chance extraordinaire de rencontrer Norah Gneeves, une femme comme il n'y en a pas des tas, sergent...

— Je sais, doc' je sais!

— Et si la situation où je me trouve, me permet de ne plus me soucier des règles de la société, je vous dirai, Seamus, que si elle est d'accord, Norah serait une sacrée bonne compagne pour vos vieux jours... Ne rougissez pas ainsi, sergent, à votre âge, c'est ridicule!

— Je vous en prie, doc', revenons à nos moutons?

Dooling but une gorgée d'eau sucrée avant de continuer.

— Vous avez raison, Seamus, il faut que je me dépêche si je veux vous raconter l'histoire jusqu'au bout.

Pour la forme, le policier protesta :

— Vous n'avez pas l'air si mal que ça, doc'!

Owen le regarda sévèrement.

— Pensez-vous vraiment, sergent Coppeen, que si je n'étais pas sur le moment de mourir, je boirais de l'eau... même sucrée?

Seamus baissa la tête, confus. Il est des arguments sans réplique.

— Avec l'aide de Norah, j'ai consacré mon existence à Egan. J'espérais de toutes mes forces, qu'il voudrait être médecin, qu'il me succéderait ici, à Boyle. Ainsi, à travers lui, je me continuerais. C'est ce qui s'est passé. Malheureusement, depuis toujours, il était amoureux de Patsy, qui ne méritait pas son amour. J'ai essayé de l'écarter. Je me suis presque félicité de l'inconduite de la petite, persuadé qu'ainsi elle éloignerait Egan d'elle. Mais il l'aimait vraiment, Seamus, et il n'était au pouvoir de personne de le détourner de cette Patsy sans laquelle il ne voulait pas entendre parler de vivre. Puis, ce fut la catastrophe... Egan revit Patsy, une Patsy pas très heureuse sans doute, et il lui proposa de gagner avec elle le Canada. Ils devaient partir dans la nuit de samedi à dimanche, pendant la réunion de boxe.

— Comment étiez-vous au courant?

— Par Norah qu'Egan avait pris pour confidente. Cette fuite qui ruinait tous mes efforts, je ne pouvais pas l'accepter. D'autre part, je demeurais convaincu que Patsy était d'une nature trop volage pour être l'épouse dont Egan avait besoin... Sachant que j'allais mourir, je décidai, en mon âme et conscience, sergent, de tuer Patsy Lackan pour sauver mon neveu et sauver mes rêves! Je n'ignorais pas que Mrs. Gneeves conservait une clef de la maison qu'habitaient présentement Lisgoold et Patsy. J'ai attendu que ma gouvernante fut couchée pour me glisser dehors. J'avais pris mon marteau à réflexes car je répugnais à me servir d'un scalpel.

— Crime prémédité, si je comprends bien, doc'?

— Si vous voulez.

— Ce n'est pas ce que semblait penser Mrs. Gneeves?

— Je n'ai pas cru bon de lui révéler mes intentions réelles... Il s'agissait de sa nièce, sergent! Patsy a été bien surprise en me voyant soudain entrer dans sa chambre et ce d'autant plus qu'elle se trouvait au lit. Je lui avouai que je venais lui demander des explications sur sa fuite projetée avec Egan. A dire vrai, sergent, je me sentais complètement perdu de la voir couchée et de ne pas apercevoir une seule valise, le moindre paquet. J'éprouvai l'impression d'être victime d'une farce du goût le plus déplorable.

— Comment a-t-elle réagi?

— De la manière la plus grossière, sergent. Elle m'a affirmé que j'étais un vieux maboul et mon neveu, un nigaud! Qu'elle n'entendait pas aller vivre au Canada, qu'elle n'avait aucune raison de se mettre des soucis en tête pour Egan puisqu'elle était sûre de le reprendre quand elle le voudrait et aussi souvent qu'il lui plairait. Ma mère ne m'a pas donné un caractère dont la patience serait la dominante, Seamus. Si j'en avais eu la force, j'aurais — à notre manière à nous, Irlandais de bonne souche — réglé cette histoire en flanquant à cette garce une raclée dont elle eût gardé le souvenir, mais hélas! dans l'état où je suis, pas question... Alors, je n'ai pas réfléchi davantage et, empoignant le marteau à réflexes, j'ai cogné aussi durement, aussi lourdement que j'ai pu. Voilà comment j'ai tué Patsy Lackan, sergent.

— Une bien triste histoire, doc'... Il ne m'en faudrait pas beaucoup pour que j'y aille de ma larme, voyez-vous?

— Dites donc, Seamus, est-ce que vous vous foutriez de moi, par hasard?

— Pas par hasard, doc'!

— Et pourquoi, je vous prie?

— Parce que vous êtes le plus grand menteur du comté!

— Je ne vous permets pas...

— Ça va, doc', n'essayez pas de monter sur vos grands chevaux, ce serait inutile, vous ne m'impressionneriez pas! Vous avez pu posséder le Père O'Donoghue, mais moi, c'est autre chose, Owen Dooling. Ouais, le plus grand menteur et, en bas, il y a la plus grande menteuse qui m'attend au pied de l'escalier! A celle-là, je me réserve de dire deux mots! Ah! c'était bien combiné, doc', félicitations! On se confesse au bon curé qui avale ça sans le moindre effort... On lui raconte l'affaire sous le sceau du secret, bien entendu, tout en lui laissant entendre que si votre confidente veut décharger sa conscience, on la laisse libre... Et l'autre, la complice, la machiavélique, elle profite de ce que l'enquêteur est un bougre d'imbécile de gros sergent au cœur tendre pour lui jouer la comédie... Elle ne peut plus se taire... Il faut qu'elle parle... Mais elle a honte... Elle a peur de trahir des années et des années de bons et loyaux services... Alors, le brave sergent marche à fond! Un peu plus, et il admet la culpabilité d'un agonisant et blanchit le vrai coupable, Egan O'Meara! Vous avez raté votre coup, doc', Norah et vous!

— Mais enfin, Seamus, pourquoi prétendez-vous que je n'ai pas tué Patsy d'un coup de marteau sur la tempe?

— Parce qu'elle est morte étranglée! Eh oui! Je

sais, je vous ai appris qu'elle avait été assassinée d'un coup de marteau, mais c'est qu'à ce moment-là, j'ignorais le rapport d'autopsie affirmant que ce n'était pas le coup reçu à la tempe qui avait tué Patsy, mais bien la strangulation. Qu'est-ce que vous dites de ça, doc'?

— J'ai voulu vous éviter une gaffe dont vous vous repentirez, je n'ai pas réussi. Dommage pour moi et pour vous.

— Et pour votre neveu, peut-être aussi?

— Je ne me doutais pas que vous fussiez stupide, Seamus... Vous me fournissez une terre où les plus sots ont des fonctions d'autorité. Maintenant, filez faire votre sale métier, sergent, je vous ai assez vu. Adieu!

La colère et le chagrin le bouleversaient suffisamment pour que le policier ne parvînt pas à trouver une réplique. Il s'en fut, humilié, peiné, conscient de quitter à jamais le vieux doc' sur une mésentente qui ruinait en un instant des années et des années d'amitié. Au moment où il franchissait la porte de la rue, Mrs. Gneeves le rattrapa.

— Eh bien! Seamus! Vous partez sans un au revoir?

— Je n'ai pas envie de parler avec vous, Mrs. Gneeves.

— Ah! Ça n'a pas marché?

— Non!... Ça n'a pas marché! Et vous devriez avoir honte!

— De quoi, Mr. Coppeen?

— Primo, de vous être moquée d'un homme qui éprouvait à votre endroit des sentiments un peu particuliers, mais infiniment respectables!

— Et qui ne les éprouve plus?
— Après le tour que vous lui avez joué!
— Alors, sergent, je ne regrette rien, car c'était un sot!
Deux fois, en moins de cinq minutes, on venait de traiter le policier d'imbécile. Cela commençait à l'énerver sérieusement. Cependant, en souvenir de son attachement ancien à Norah, il se contint.
— Secundo, de tenter par tous les moyens de faire échapper un coupable à la justice!
— Vraiment? Et qui est donc ce coupable d'après vous?
— Vous le savez aussi bien que moi : Egan O'Meara!
Il s'attendait à des cris, à des protestations indignées, mais Mrs. Gneeves se contenta de hausser les épaules.
— Mon pauvre Seamus, vous ne pourrez pas nier qu'on aura tout tenté pour vous ouvrir les yeux! Enfin, maintenant, ça vous regarde, mais soyez assuré que je ne vous laisserai pas vous acharner sur mon garçon pour satisfaire je ne sais quelle rancune! S'il le faut, je prendrai le pays tout entier à témoin de votre partialité!
— De n'importe qui, Mrs. Gneeves, je me serais attendu à de l'ingratitude, mais, de votre part! Franchement, je ne comprends pas?
— Parce qu'Egan n'est pas votre garçon!
— Ce doit être ça... Seulement, en entrant dans la police, j'ai juré de toujours exécuter les missions dont je serais chargé... Contrairement à ce que vous prétendez, je n'en éprouve aucun plaisir, au contraire. Mais il y a mon devoir, Mrs. Gneeves, et mon devoir

compte plus que tout! En vous conduisant comme vous vous êtes conduits, le docteur et vous, vous n'avez réussi qu'à confirmer ma certitude de la culpabilité du docteur O'Meara... A ce propos, pouvez-vous m'apprendre où il est?

— A la ferme des Lackan.

— A la ferme des...? Mais pour quelles raisons?

— Sans doute pour expliquer à mon frère, à ma belle-sœur, à mes neveux et à ma nièce comment il s'y est pris pour tuer Patsy et recevoir leurs félicitation?

Seamus jura de bien vilaine façon.

Bien qu'il ne l'y eût pas invitée, Kate s'entêta à raccompagner Egan un bout de chemin. Sean voulut se joindre à eux, mais Kevin, plus intelligent, le retint. Kevin aimait beaucoup sa jeune sœur et il éprouvait de furieuses envies de tomber sur Egan à bras raccourcis pour l'obliger à ouvrir les yeux. Tomas Lackan, qui ne s'intéressait plus à grand-chose depuis la mort ignominieuse de Patsy, ne prit pas garde au manège de sa cadette, et Maeve, qui aurait tant souhaité que le jeune O'Meara fît attention à sa petite Kate, feignit de ne pas la voir sortir sur les talons du garçon. Elle se contenta d'échanger un coup d'œil complice avec Kevin.

Kate embêtait sérieusement Egan. Il s'étonnait qu'elle ne comprît pas à quel point elle lui était indifférente, en tant qu'amoureuse s'entend, car autrement il la considérait comme une sœur très chère pour qui il ferait toujours tout ce qui serait en son pouvoir. Elle le rattrapa et marcha un moment à sa hauteur sans dire mot. Puis elle se décida et, d'une voix timide :

— Egan... Vous pensez sérieusement qu'ils s'imaginent que vous avez tué Patsy?
— Ils sont assez bêtes pour cela!
— Alors... ils pourraient vous mettre en prison?
— Si ça leur chante!
— Ce n'est pas juste!
— Que Patsy mourût de cette façon, ce n'était pas juste non plus, et pourtant...
— Egan... Vous penserez toujours à Patsy?
— Toujours.
Parce qu'elle avait l'âge où l'on croit à l'éternité des serments, elle fut au désespoir et chuchota d'un ton mouillé :
— Dans ce cas, moi, qu'est-ce que je deviens?
— Vous?... Vous vous marierez?
— Ce n'est pas possible, Egan.
— Et pour quelles raisons, Kate?
— Parce que je ne pourrai jamais me marier qu'avec vous et, vous, vous ne voudrez jamais de moi!
— Vous devriez être raisonnable, Kate... Il y a des choses qui ne se commandent pas, des sentiments qu'on ne doit pas feindre seulement d'éprouver.
— Vous me trouvez beaucoup moins jolie que Patsy?
— Nc parlons plus de Patsy... C'est indécent!
— Mammie m'assure que je suis aussi jolie qu'elle!
— Taisez-vous et venez!
— Sans qu'elle comprît pourquoi, il lui saisit la main et l'entraîna derrière une haie en lui recommandant de faire le moins de bruit possible. Par les interstices des branches, il lui montra sur le chemin, Seamus Coppeen qui avançait d'un pas pesant.

Les Lackan se contentèrent de relever la tête au-dessus de leurs tasses de thé lorsque le sergent entra chez eux, et de fixer le nouveau venu. Il n'était nul besoin d'être doué d'un sixième sens pour deviner que l'atmosphère ne s'affirmait pas particulièrement amicale. Gêné, Seamus lança :

— Salut à tous!

On ne lui répondit pas.

— Je... je cherche Egan O'Meara?

Tomas s'interrompit de mastiquer son cake pour déclarer :

— C'est votre droit.

Les choses ne prenaient pas le chemin de s'arranger. Le policier tenta un nouvel effort.

— Tomas, votre sœur, Mrs. Gneeves, m'a dit que je trouverais O'Meara ici.

— Il y a longtemps que Norah est majeure et que je ne suis plus responsable ni de ce qu'elle dit ni de ce qu'elle fait.

— Vous n'avez pas vu O'Meara?

— Si.

— Il y a longtemps?

— Pas très.

— Il est reparti?

— Ça se voit, je pense.

— Ouais... Vous n'êtes pas tellement coopératif, hein?

— J'agis comme il me plaît et ceux à qui cela ne convient pas, ne sont pas obligés de rester chez moi.

Seamus Coppeen rougit. Il n'aimait guère qu'on lui parlât sur ce ton, surtout un homme qu'il considérait jusqu'alors comme un ami. Cette espèce de conspiration qui se nouait pour tenter de protéger O'Meara confirmait le sergent dans sa certitude quant à la culpabilité de ce dernier.

— Permettez-moi, Lackan, de vous confier mon étonnement de constater que vous tentez tout votre possible pour défendre un homme qui a peut-être bien assassiné votre fille aînée !

Tomas repoussa sa tasse.

— Permettez-moi, sergent, de vous assurer que c'est une grande déception pour quelqu'un qui vous connaît de longue date, de constater qu'une sénilité précoce vous a déjà ramolli le cerveau.

— Lackan, je vous rappelle que je suis en service commandé !

— Coppeen, je vous rappelle que vous êtes dans ma maison où nul ne donnera des ordres tant que je serai vivant !

— Et si je vous embarquais pour entrave à la justice ?

Tomas sourit et, regardant ses deux fils :

— Je pense que vous auriez du mal... et des ennuis.

Bien que la perspective d'un assez long séjour à l'hôpital ne fût pas pour l'enthousiasmer, Seamus se leva de la chaise qu'il avait prise d'autorité, car lorsque son devoir était en jeu, plus rien ne comptait. Tout en surveillant du coin de l'œil Sean et Kevin, il ouvrait la bouche pour annoncer à Lackan qu'il le sommait, au nom de la loi, de l'accompagner, lorsque Maeve intervint :

— Vous vous croyez drôle, Seamus ? Et vous, Tomas, vous n'avez pas honte de traiter de cette façon un ami de toujours ?

Coppeen se rassit, soulagé. Tomas voulut le prendre de haut :

— De quel droit élevez-vous la voix, Maeve? Et qui vous a autorisée à vous mêler à cette conversation?

Mais, au grand étonnement de ses fils et de son mari, la timide Maeve ne se calma pas.

— Vous me demandez de quel droit je parle dans ma maison, dans mon foyer? Est-ce que vous seriez devenu fou, Tomas Lackan, par hasard? Ou si vous vous imaginez encore au Moyen Age? De quel droit je parle? Du droit que donne le fait d'avoir mis au monde deux garçons comme pas beaucoup de femmes de Boyle auraient été capables d'en réussir! Des garçons qui vous nourriront sur vos vieux jours, Tomas Lackan! Des garçons qui, un jour, comprendront que vous n'avez, vous, pas le droit de traiter leur mère comme vous la traitez!

Le sergent retrouvait la Maeve d'autrefois dans cette femme alourdie qui se révoltait et il pensait — songeant à Norah — qu'après tout, les femmes de Boyle étaient peut-être de meilleure qualité que les hommes. Sans laisser à son mari le temps de répondre, Mrs. Lackan se tourna vers le policier.

— Quant à vous, Seamus, je n'aurais jamais cru que vous puissiez vous laisser berner à ce point! Je vous tenais pour un des hommes les plus intelligents du comté! Est-ce que vous vous figurez que si nous soupçonnions une seconde Egan O'Meara d'être pour quelque chose dans la disparition de notre fille, nous lui laisserions franchir notre porte? Que nous permettrions à Kate de lui adresser la parole? Est-ce que vous nous prendriez pour des sauvages abrutis, Seamus Coppeen?

— C'est-à-dire Maeve, que vous n'avez peut-être

pas toutes les informations vous permettant d'établir votre opinion?

— Nous nous moquons de vos informations si elles tendent à suspecter Egan!

— Écoutez-moi, les Lackan, et cessez, pour une fois, de vous convaincre qu'on peut tout régler à coups de poing! Quoique vous sembliez douter, Egan O'Meara m'est très sympathique, d'abord parce qu'il est le neveu d'un homme que je respecte, ensuite parce qu'il a été élevé par une femme que j'admire, enfin parce qu'il est pitoyable qu'un garçon de sa valeur soit menacé de finir ses jours en prison. Seulement ça, ce sont des sentiments, et la justice se moque des sentiments. Elle veut, elle exige des preuves, rien d'autre que des preuves. Or, tout est contre Egan O'Meara en ce moment et ce n'est pas parce que Norah Gneeves a cru bon de flanquer une peignée à Eithne O'Brien, qu'elle a détruit son témoignage, accablant pour Egan!

Pour la première fois depuis l'arrivée du policier, Sean manifesta quelque émotion.

— Une vraie peignée, sergent?

— Paraît...

Le colosse secoua la tête et décréta, avec ferveur :

— C'est quelqu'un, tante Norah!

Coppeen qui n'était que trop enclin à approuver tous ceux qui disaient du bien de Mrs. Gneeves, crut bon de ramener la conversation au plus vite sur le meurtre et ses conséquences immédiates.

— Je ne pense pas, Tomas, que vous agissiez bien en essayant de défendre O'Meara autrement que par des preuves... Au contraire, vous lui porteriez plutôt préjudice... Ainsi Owen Dooling...

Il leur raconta alors la ruse du docteur en train de

mourir, et qui avait eu assez de malice pour posséder le Père O'Donoghue et le faire servir à ses desseins avec la complicité de Norah. Ils écoutèrent attentivement, puis Maeve éclata en sanglots et Tomas s'essuya discrètement les yeux avant de se dresser de toute sa taille pour proclamer :

— Des hommes comme Owen Dooling, il n'en existe plus! Que le Seigneur le reçoive en Son paradis, il le mérite!

D'une seule voix, ils répondirent :

— Amen!

Sans chercher à comprendre comment un pécheur pouvait mériter le paradis sous prétexte qu'il avait berné un prêtre, le sergent insista sur l'erreur tactique commise par Owen Dooling à son égard, et comment, croyant les éloigner, il avait renforcé ses soupçons. Toutefois, Tomas Lackan ne se laissa pas abattre.

— Ainsi, Coppeen, non seulement vous admettez qu'Egan ait pu se transformer en assassin mais encore que le docteur Dooling et ma sœur Norah auraient partagé la responsabilité de son crime en se voulant ses complices? Dois-je vous rappeler que celle qui fut ma fille était aussi la nièce de ma sœur?

Avant que le policier n'ait eu le temps de répondre, Maeve ajoutait d'un ton pointu :

— Qu'est-ce qui a bien pu vous arriver, Seamus, pour qu'un homme que nous avons connu si intelligent, soit, tout d'un coup devenu si borné?

Le sergent jura grossièrement et se levant déclara qu'il en avait assez de se faire traiter d'imbécile par les uns ou par les autres, qu'idiot ou pas, il allait montrer de quoi il était capable à ceux qui se croyaient de taille à échapper aux rigueurs de la loi! Il arrêterait

Egan O'Meara, il le jetterait en prison! Et s'il le fallait, il mettrait également sous clef tous ceux qui prendraient le parti d'un homme soupçonné de meurtre!

Maeve Lackan soupira :

— Vous devriez vous purger aux changements de saison, Seamus!

Très pudique, le sergent détestait qu'on se permît de parler de ces choses-là en public.

Il réagit brutalement :

— Vous êtes une insolente et une sans pudeur, Mrs. Lackan!

Il n'eut pas le temps d'achever que Tomas Lackan lui expédiait un magnifique direct du droit qui — s'il n'en eût pas été la victime, aurait enthousiasmé l'amateur de noble art qu'était Coppeen — lui fit franchir le seuil en déséquilibre parfait, Kevin ayant bondi pour ouvrir la porte. Complètement dans le brouillard, Seamus crut distinguer des silhouettes, eut l'impression qu'il tournait plusieurs fois sur lui-même, qu'il entendait un cri avant de heurter et de s'effondrer sur quelque chose de tendre, et de perdre tout contact avec le réel.

Sean vint serrez la main de son père :

— Père vous êtes un type formidable!

Les Stockwell qui arrivaient, en bons voisins, pour saluer les Lackan, demeurèrent immobiles, regardant l'étonnant spectacle qu'ils avaient sous les yeux. Homme de belle constitution, Seamus Coppeen ne tarda pas à reprendre connaissance. D'abord, il eut énormément de peine à remettre ses idées en place et se demanda pourquoi les Stockwell le contemplaient comme une bête curieuse. Puis, la mémoire lui revint et il rugit à leur adresse :

— Qu'est-ce que vous attendez? Quant à vous, Lackan, tonnerre de Dieu! Je vous arrête!

C'est alors qu'une voix très douce, s'enquit :

— Vous ne pourriez pas vous lever, sergent? Vous pesez très lourd, vous savez?

Ce fut seulement à cet instant que le policier se rendit compte qu'il se trouvait positivement étalé sur la malheureuse Kate Lackan dont le visage empourpré trahissait tout à la fois la gêne d'une pareille attitude et un commencement d'asphyxie. Pour ajouter encore à la confusion de Coppeen, l'abominable Tomas, encadré par ses deux fils, s'approcha et, s'adressant aux Stockwell :

— Vous voyez de quelle façon cette brute de Seamus traite une jeune fille qui est presque encore une enfant?

Par leur mimique, les Stockwell, heureux d'obliger leur voisin, donnèrent à entendre leur indignation du comportement de Coppeen. Tomas ajouta, cauteleux :

— Je me demande si je ne pourrais pas vous obliger à demander la main de Kate que vous avez publiquement compromise, Seamus?

Le sergent bondit et leva le poing sur Lackan.

— Vous!... Oh! vous!...

Mais il dut se rendre à l'évidence et admettre qu'il s'était, sans que ce fût sa faute, mis dans une situation embarrassante dont des gens aussi dépourvus de sens moral que ces maudits Lackan n'auraient aucune honte à profiter. Pour se donner le temps de réfléchir, il s'épousseta soigneusement, puis, prenant Kate par le bras, il réintégra la ferme des Lackan. Les Stockwell comprenant que leur présence était plutôt inopportune, tournèrent les talons.

Quoi qu'ils en parussent, les Lackan se sentaient quelque peu inquiets des suites de l'aventure, car ils connaissaient assez Coppeen pour le savoir coriace. La porte de la salle basse refermée, il s'établit un grand silence, puis brusquement et brutalement, Seamus ordonna :

— Asseyez-vous tous!

Ils obéirent. Le sergent lâcha Kate.

— Assieds-toi aussi, petite. Je ne t'ai pas fait mal?

— Non, Mr. Coppeen.

Le policier regarda Tomas dans les yeux :

— Vous cognez encore sec, pour votre âge.

— Je... Je vous prie de... de m'excuser mais quand vous avez parlé à Maeve de la façon dont...

— Je reconnais que je n'ai pas été des plus courtois avec vous, Mrs. Lackan...

— Ni moi non plus, avec vous, Seamus...

— Alors... Au lieu de nous disputer, si on s'épaulait?

Kevin demanda :

— Pour posséder Egan?

— S'il est coupable, oui. Pour tenter de le tirer d'affaire dans le cas contraire... Kate, vous étiez avec lui, n'est-ce pas?

— Oui.

— Où êtes-vous allés tous les deux?

— Je l'ai raccompagné jusque chez lui.

— Pourquoi?

— J'avais peur qu'il ne rencontre des gens qui lui auraient dit des méchancetés...

— O'Meara est de taille à se défendre!

— C'est justement ce que je ne voulais pas,

Mr. Coppeen... Egan doit rester tranquille tant que vous n'aurez pas arrêté l'assassin.

Après un court moment, Seamus convint :

— Tomas, votre cadette a plus de bon sens que nous tous. Et vous n'avez rencontré personne qui se soit montré hostile au docteur O'Meara?

— Non, mais il s'en est fallu de peu.

— C'est-à-dire?

— Nous avons failli rejoindre Chris Lisgoold. Il marchait devant nous. Heureusement, il est entré dans un café, *Le Cygne couronné*.

— Ce n'est pas possible! Lisgoold n'est pas à Boyle. Comment l'avez-vous reconnu?

— Ce n'est pas moi, mais Egan. Il paraît que Lisgoold porte une veste qui le ferait reconnaître partout.

— C'est vrai. Bon, je vais dire deux mots à Lisgoold. Je ne veux pas qu'il reste ici tant qu'on n'en a pas terminé avec cette histoire... Je n'ai pas envie de voir les suspects s'étriper les uns les autres.

Lorsque le sergent les eut quittés, Tomas Lackan résuma la situation :

— Ce Seamus Coppeen, ce n'est pas un mauvais homme... Tout de même, il n'est plus ce qu'il a été. Autrefois, il encaissait mieux... Vous l'avez vu partir à reculons?

Sean, honnête, donna son opinion :

— Vous l'avez eu par surprise, père. Il ne se tenait pas sur ses gardes.

— C'est un tort, fils. Un policier doit toujours être sur ses gardes. Ce n'est pas à vous que pareille chose serait arrivée, n'est-ce pas, Sean?

— Sûrement pas, père.

Il avait à peine prononcé le dernier mot que la droite de Tomas partait de nouveau, mais le garçon s'y attendait. Il esquiva facilement et, répliquant d'un crochet gauche, il envoya Tomas et sa chaise s'écrouler jusque dans l'âtre. Aussitôt, tout le monde se tut, attendant la réaction du père. Lackan se releva, resta un instant immobile puis, s'adressant à sa femme :

— N'avez-vous pas l'impression, Meave, que nos enfants ne respectent plus leur vieux père?

CHAPITRE V

Seamus Coppeen éprouvait le besoin impérieux de se venger sur n'importe qui, sur n'importe quoi des humiliations et défaites subies depuis quelques heures. Il fallait que quelqu'un payât. Ce Lisgoold qui, à son tour, lui avait manqué de parole, saurait ce qu'il lui en coûterait. Sans tergiverser, cédant à la colère, le sergent fonça directement au *Cygne couronné* où Lennox Caradice essuyait mélancoliquement des verres en songeant à la cirrhose qui lui travaillait sérieusement le foie, rançon d'un métier longtemps exercé. L'entrée du policier ne l'enchanta pas tellement. Une méfiance atavique le dressait contre les représentants de la loi.

— Salut, sergent! Je vous offre un verre?

— Non. Chris Lisgoold est bien venu boire chez vous, il y a une demi-heure environ?

— Lisgoold? Vous devez vous tromper, sergent?

— Attention, Caradice! Je ne suis pas d'humeur à me laisser mener en bateau, je vous en avertis! Quelqu'un en qui j'ai toute confiance a vu, de ses yeux vu, Chris Lisgoold entrer ici il y a moins d'une heure!

— Ce n'est pas possible, sergent! Je n'ai pas REVU

Lisgoold depuis le jour où il s'est battu avec le docteur O'Meara.

Le cafetier avait l'air sincère.

— Voyons, Lennox, mon informateur ne pouvait pas se tromper! Il m'a décrit la veste assez extraordinaire que porte Lisgoold!

Le visage de Lennox s'éclaira.

— Ah! j'y suis!... C'est la veste qu'a vue votre informateur, mais pas Lisgoold!

— Que signifie votre histoire?

— Que Foxy Peters porte la même veste que Lisgoold.

— Foxy?... Mais où l'a-t-il achetée et avec quoi?

— Où? Je n'en sais rien, sergent, vraisemblablement à Sligo où Lisgoold s'est, paraît-il, procuré la sienne. Avec quoi? Avec l'argent dont il a plein les poches.

— Non?

— Si!

— Et il vous a confié d'où venait cet argent?

— Je lui en ai demandé la source, mais il m'a envoyé promener.

— J'espère pour lui qu'il se montrera plus loquace avec moi. Où se trouve le terrier de Foxy?

— Je crois qu'il a une chambre dans St. Patrick's Lane, chez la mère Swinburn. Mais vous avez plus de chance de le rencontrer dans les bars qu'il m'a bien semblé avoir l'intention de visiter les uns après les autres.

Devant la tâche qui l'attendait, Seamus soupira et Lennox, apitoyé, se porta à son secours.

— Si j'étais vous, je commencerais par *La Pomme et le raisin*, puis *Le Porc qui chante*, *L'Étrier d'argent*,

Le Fouet qui siffle, *Le Cheval vert* et arrivé au bout, je recommencerais en sens inverse. A l'allée ou au retour, c'est bien le diable si vous ne le rencontrez pas!

Seamus voulait savoir par quel mystère « Foxy » Peters, un crève-la-faim, bien connu à Boyle, possédait de l'argent plein les poches et plus encore pourquoi il avait cru bon de dépenser pas mal de sa soudaine fortune pour s'offrir un vêtement excentrique en tous points semblable à celui de Chris Lisgoold. Mais le sergent eut beau user une partie de l'après-midi à chercher Foxy, il ne put mettre la main dessus. Le renard s'était caché dans un terrier difficile à repérer. Son échec n'améliora guère l'humeur de Seamus et lorsqu'il rejoignit le commissaire, ce dernier s'inquiéta de sa mine fatiguée.

— Buvez un whisky, Seamus et puis vous me raconterez...

Coppeen but deux whiskies avant de se lancer dans le récit de ses aventures depuis qu'il avait quitté son chef. Lorsqu'il eut terminé, O'Hagan conclut :

— Sans cette curieuse histoire de Foxy Peters, je parierais pour la culpabilité d'Egan O'Meara. D'un côté, mon vieux, ça m'arrange, j'aimerais bien laisser mourir Dooling en paix et, si possible, rassuré.

Le commissaire ne put s'empêcher de rire de la ruse du moribond.

— C'est quand même lui qui aura remporté la dernière manche du match qui l'oppose depuis trente ans au Père! Allez vous coucher, Seamus, vous en avez besoin. Oubliez Patsy Lackan jusqu'à demain matin, neuf heures. C'est un ordre!

Seamus était d'accord pour se conformer aux directives de son supérieur, mais à cinq heures du matin on vint le tirer du lit pour lui annoncer qu'on avait découvert le cadavre de Foxy Peters, presque à l'entrée de Boyle, sur la route de Sligo. Les événements se précipitaient. Tout de suite, Seamus fut certain que Foxy était mort parce qu'il s'était intéressé à lui. Pour l'instant, il ne comprenait pas les raisons du meurtre de Peters, mais il se convainquait qu'il se rattachait d'une manière ou d'une autre, à la mort de Patsy Lackan.

***

Le sergent contempla la misérable dépouille de Foxy Peters. Triste fin d'une triste existence. Ses poches étaient vides et il ne portait plus sa belle veste à carreaux. O'Hagan rejoignit son adjoint.

— Alors, Seamus, tous les truands du comté ont juré de nous empêcher de nous reposer? Ils veulent nous avoir à la fatigue, on dirait! Vous avez appelé le médecin?

— Lequel?

— C'est vrai...

— Je file chercher O'Meara.

Sans attendre de réponse, le sergent sauta dans sa voiture et fonça vers la maison d'Owen Dooling. Il espérait, pour le malade et pour Norah, que le jeune homme n'était pas sorti cette nuit-là. A sa grande surprise, en dépit de l'heure extrêmement matinale, Mrs. Gneeves répondit presque aussitôt à son coup de sonnette et lui ouvrit, habillée de pied en cap. Il s'apprêtait à lui demander la raison de sa tenue lorsqu'il remarqua ses yeux rougis. Il comprit.

— Owen est?...

Elle baissa affirmativement la tête et chuchota d'une voix brisée :

— Il y a à peine une heure... Nous venons juste de finir de l'habiller. Egan est près de lui. Il ne l'a pas quitté depuis hier soir.

Seamus fut heureux d'obtenir le renseignement souhaité sans avoir à poser de question. Il gagna la chambre mortuaire. Sur son lit, les mains jointes, le docteur Dooling semblait sourire comme s'il avait joué un dernier bon tour à ses amis. Au chevet, le docteur O'Meara pleurait en silence. Le policier s'approcha de lui et lui posa doucement la main sur l'épaule :

— Pardonnez-moi, docteur, mais nous avons besoin de vous... Un autre mort sur la route.

*
* *

Dans la chambre misérable qu'occupait Foxy Peters, pas trace de sa belle veste à carreaux ni d'ailleurs de son argent. On déposa Foxy dans une pièce d'une maison quasi abandonnée qui servait de morgue, au besoin. O'Meara avait déterminé la mort, par coups de couteau, entre deux et trois heures du matin.

Sans préciser le but de son voyage, Seamus demanda au commissaire O'Hagan la permission de se rendre à Sligo. Arrivé dans la ville côtière, le sergent s'en fut au poste de police et demanda où il pourrait se procurer une veste comme celle dont il donna la description, description qui amusa ses interlocuteurs. L'un d'eux souligna :

— J'espère que ce n'est pas pour filer quelqu'un,

sergent ? Car avec un pareil vêtement, on vous repérera de loin !

Grâce à la remarque de ce confrère inconnu, Seamus sut qui avait assassiné Patsy Lackan. Il ne lui restait plus qu'à le prouver.

Le marchand qu'on lui avait indiqué comme étant le seul assez « dans le vent » pour vendre des vestes aussi difficiles à porter, reçut fort bien le policier. Il admit — avec quelque fierté — qu'il se tenait à l'avant-garde de la mode — et que ces vestes dont on lui parlait, il n'en avait vendu que deux et de tailles différentes à un client étranger à la ville. Il l'avait jugé étranger, d'abord parce qu'il ne l'avait jamais vu, ensuite à cause de son accent. Seamus décrivit celui à qui il pensait et le commerçant de dire :

— Ah ! je vois que vous connaissez ce gentleman ?

De retour à Boyle, le sergent se précipita dans la première cabine téléphonique rencontrée et appela O'Hagan :

— Ça y est, Mike ! J'ai le nom du meurtrier mais pas moyen de l'arrêter encore... Je file à la recherche de preuves. Je vous tiens au courant. S'il vous plaît, Mike, ne quittez pas votre bureau avant de m'avoir vu.

— D'accord, Seamus, je vous attends.

Coppeen recommença son enquête à travers les bars visités la veille à la poursuite de Peters et à chaque patron, il demanda quelle avait été la réaction de Foxy en apprenant qu'il le cherchait, au cas où Peters serait passé dans le café après la visite du policier. C'est à *L'Étrier d'argent* qu'il apprit ce qu'il souhaitait apprendre. Foxy, à qui l'on venait de dire que le sergent désirait le voir au plus tôt, s'était précipité au téléphone et avait demandé un numéro. Avant même d'ouvrir l'annuaire, Seamus savait à quel nom il correspondait.

Au soir de ce même jour, Seamus Coppeen et Mike O'Hagan, dans le bureau de ce dernier, conversaient paisiblement, s'efforçant l'un et l'autre de ne rien trahir de l'impatience qui, intérieurement, les agitait.

— Fatigué, Seamus?

— A peine... Avant de vous rejoindre, Mike, je suis passé à la ferme des Lackan... J'ai pensé que je devais leur apprendre que je me trompais en soupçonnant O'Meara... Et puis, je leur ai annoncé la mort du vieux doc'... Et j'ai dit à Kate que sa tante serait sans doute heureuse de l'avoir près d'elle en ce moment.

— Seamus... C'était bien de Mrs. Gneeves que vous vouliez parler?

— En tout cas, Mike, je ne pouvais parler que d'elle.

Vers sept heures du soir, on frappa à la porte du bureau. Les deux amis échangèrent un bref coup d'œil, puis O'Hagan ordonna :

— Entrez?... Bonjour Lisgoold...

Le jeune homme entra, salua le commissaire et le sergent.

— Je suis venu aussi vite que j'ai pu... Il est arrivé quelque chose de grave?

— Très grave.

— Ah?

— Nous connaissons le meurtrier de Patsy Lackan.

— Vraiment?

— Vraiment.

— C'est très chic à vous d'avoir tenu à me prévenir en premier ou presque.

Coppeen dit doucement :

— Vous nous flattez, Lisgoold. Vous étiez au courant bien avant nous.

— Moi? Et comment?

— Mais parce que c'est vous qui avez tué Patsy Lackan.

Chris se leva d'un bond.

— Qu'est-ce que vous racontez-là? Vous êtes fou?

— C'est vous qui l'avez tué, Lisgoold. Quand on combine un crime aussi habilement, on ne se confie pas à quelqu'un comme Foxy Peters, qui vendrait père et mère pour quelques shillings... Vous l'avez tué à son tour, mais trop tard!

— Je vous jure que vous êtes fou! Je ne connaissais pas ce Peters!

— Et pourtant sitôt qu'il a su que je le cherchais hier après-midi, il vous a tout de suite appelé. Nous avons la fiche de la poste. Savez-vous ce qui m'a mis complètement sur la voie, Lisgoold? C'est une phrase d'un de mes confrères de Sligo, à propos de votre belle veste à carreaux. Il m'a assuré que si l'on voulait se faire remarquer, c'était exactement le genre de vêtement qu'il fallait porter.

— Je ne comprends rien à vos élucubrations!

— J'ai marché dans votre combine, Lisgoold. J'ai pensé qu'un homme nourrissant de mauvaises intentions ne se mettrait pas une veste aussi voyante sur le dos. Or, justement, vous teniez à ce qu'on vous remarque...

— Et pourquoi?

— Parce qu'on devait attacher plus d'attention à la

veste qu'à celui la portant, surtout lorsque, comme moi, on se tenait loin de vous, assuré de vous voir parce que je voyais ce que je croyais être votre vêtement. Vous vous étiez placé parmi les supporters du boxeur de Sligo. Je me suis imaginé que c'était par hostilité envers les gens de Boyle. Il s'agissait beaucoup plus simplement de vous asseoir au milieu de gens ne vous connaissant pas et ne connaissant pas davantage Foxy, qui vous a remplacé pendant que vous alliez tuer Patsy.

La sueur brillait sur le front de Chris Lisgoold. Il jetait à droite et à gauche des regards de bête traquée. Il essaya faiblement de se défendre.

— Pourquoi aurais-je tué Patsy?

— Parce que vous saviez qu'elle s'apprêtait à vous quitter... Vous avez alors tendu votre piège. Vous l'avez surprise alors qu'elle achevait de préparer ses bagages. Vous vous êtes disputés, sans doute, et vous l'avez étranglée avec le foulard qu'elle portait et que nous n'avons pas retrouvé... En tombant, sa tempe a porté contre la boule de cuivre du lit. Après, vous avez eu l'affreux courage de la déshabiller, de la coucher, de défaire ses valises, de ranger ses vêtements et de retourner à la séance de boxe où vous vous êtes substitué à Foxy comme il s'était substitué à vous. Oui, vraiment dommage pour vous, Lisgoold que vous vous soyez choisi un pareil complice! Il devait se méfier pourtant, puisqu'après vous avoir téléphoné il a rédigé une confession qu'il a confiée à Sam O'Tool de *L'Étrier d'argent* avec mission de me la remettre si jamais il lui arrivait un accident grave... Sam a exécuté les dernières volontés du mort.

Quand le téléphone sonna, Seamus Coppeen se

sentit soulagé d'un poids énorme. O'Hagan décrocha et presque tout de suite tendit l'appareil à Coppeen :

— Pour vous, sergent.

— Allô?... Oui... C'est vous, Bill? Alors... Vous les avez trouvées? Toutes les deux?... Parfait, vous pouvez rentrer et ramenez-le naturellement. À tout de suite, mon vieux.

Sans mot dire, Seamus raccrocha l'appareil et, se tournant brusquement vers Lisgoold.

— Si je vous ai éloigné de chez vous, Chris, c'est que je voulais pouvoir y perquisitionner. C'est fait et on a trouvé les deux vestes...

— C'est faux! Vous n'avez pas pu trouver celle de Peters puisque je...

Il s'arrêta pile réalisant brusquement qu'il se perdait. Le sergent acheva paisiblement :

— ... Parce que vous l'avez détruite? Eh bien! voilà un bon aveu, Lisgoold et qui termine l'affaire.

Le commissaire O'Hagan se leva et d'une voix solennelle :

— Christy Lisgoold, je vous arrête pour meurtre commis sur les personnes de Patricia Lackan et de Sam Peters, dit Foxy.

Mais, Lisgoold porta vivement la main à sa poche et en sortit un revolver.

— Le premier de vous deux qui bouge, il y a droit... D'accord, je l'ai étranglée cette garce pour lui apprendre qu'on ne se moquait pas de moi et je descendrai O'Meara avant que vous ne m'ayez!

— Pas sûr, Lisgoold!

Le sergent avait aussi un revolver au poing, Lisgoold tira et sous le choc de la balle qui lui entrait dans l'épaule, Seamus chancela mais il tira à son tour, et vite. Atteint de trois balles dont l'une lui toucha sans doute le cœur, Lisgoold chuta le nez en avant sur le plancher.

Le cadavre du meurtrier emporté, le sergent hâtivement pansé avant de gagner l'hôpital, O'Hagan demanda à son ami :

— Vous aviez prévu sa réaction pour vous être muni d'un pistolet?

— Je l'espérais.

— Vous avez risqué votre peau, Seamus.

— Je ne pouvais tirer qu'en état de légitime défense, Mike.

— Vous vouliez le tuer, hein?

— Oui.

— Pourquoi?

— Parce que j'aimais bien la petite Patsy, Mike.

— Naturellement, cette fripouille de Foxy n'a jamais rédigé la moindre confession?

— Naturellement.

Dans sa chambre de la clinique, après qu'on lui eût extrait la balle qu'il avait dans l'épaule, Seamus Coppeen joua au héros. Un de ses premiers visiteurs fut le Père O'Donoghue qui lui apprit que tout marchait bien dans la demeure du docteur O'Meara où Kate Lackan se rendait chaque jour sous prétexte d'aider sa tante, et plus spécialement le vendredi dont la pauvre chère femme supportait de moins en moins le retour inexorablement hebdomadaire.

— Si vous voulez mon avis, Seamus, Norah Gneeves est une femme de grande valeur et je pense que si elle trouvait un compagnon pour terminer honorablement sa vie, elle oublierait le vendredi... Qu'est-ce que vous en pensez, Seamus?

— Ma foi, mon Père, je suis un peu de votre avis.

— Me permettez-vous de le lui dire?

— Si vous estimez que cela la réconforterait?

— J'en suis convaincu.

Le Père jubilait, se frottant les mains, si bien que le sergent ne put s'empêcher de remarquer :

— Vous vous acharnez à marier vos meilleurs amis, Père, pourquoi?

Le prêtre lui cligna de l'œil.

— Peut-être pour me prouver qu'en me contraignant au célibat, Dieu a vraiment voulu me témoigner Sa grande bonté.

Les Maîtres du Roman Policier

Première des collections policières en France, Le Masque se devait de rééditer les écrivains qu'il a lancés et qui ont fait sa gloire.

ARMSTRONG Charlotte
1740 L'étrange cas des trois sœurs infirmes
1767 L'insoupçonnable Grandison

BEEDING Francis
238 Le numéro gagnant

BIGGERS Earl Derr
1730 Le perroquet chinois

BOILEAU Pierre
252 Le repos de Bacchus *(Prix du Roman d'Aventures 1938)*
1774 Six crimes sans assassin *(fév. 85)*

BOILEAU-NARCEJAC
1748 L'ombre et la proie

CARR John Dickson
1735 Suicide à l'écossaise

DARTOIS Yves
232 L'horoscope du mort

DOYLE Sir Arthur Conan
1738 Le chien des Baskerville

ENDRÈBE Maurice Bernard
1758 La pire des choses

FAIR A.A.
1745 Bousculez pas le magot
1751 Quitte ou double
1770 Des yeux de chouette *(janv. 85)*

HEYER Georgette
297 Pourquoi tuer un maître d'hôtel ?
484 Noël tragique à Lexham Manor

HUXLEY Elspeth
1764 Safari sans retour

KASTNER Erich
277 La miniature volée

KING Rufus
375 La femme qui a tué

LEBRUN Michel
1759 Plus mort que vif

MAGNAN Pierre
1778 Le sang des Atrides *(mars 85)*

MILLER Wade
1766 La foire aux crimes

NARCEJAC Thomas
355 La mort est du voyage *(Prix du Roman d'Aventures 1948)*
1775 Le goût des larmes *(fév. 85)*

PALMER Stuart
117 Un meurtre dans l'aquarium

QUENTIN Patrick
166 Meurtre à l'université

ROSS Jonathan
1756 Une petite morte bien rangée

RUTLEDGE Nancy
1753 Emily le saura

SAYERS Dorothy L.
174 Lord Peter et l'autre
191 Lord Peter et le Bellona Club
1754 Arrêt du cœur

SHERRY Edna
1779 Ils ne m'auront pas *(mars 85)*

SLESAR Henri
1776 Mort pour rire *(fév. 85)*

STAGGE Jonathan

1736 Chansonnette funèbre

1771 Morphine à discrétion *(janv. 85)*

STEEMAN Stanislas-André

84 Six hommes morts *(Prix du Roman d'Aventures 1931)*

95 La nuit du 12 au 13

101 Le mannequin assassiné

284 L'assassin habite au 21

388 Crimes à vendre

1772 Quai des Orfèvres *(janv. 85)*

TEY Josephine

1743 Elle n'en pense pas un mot

THOMAS Louis C.

1780 Poison d'avril *(mars 85)*

VERY Pierre

60 Le testament de Basil Crookes *(Prix du Roman d'Aventures 1930)*

LE MASQUE

BABSON Marian
1712 Chapeau, miss Orpington !

BARNARD Robert
1714 Ah ! quelle famille

BENNETT Dorothea
1765 Deux et deux font trois

BENZIMRA André
1717 Pour te revoir, Jonathan

BRUCE Léo
1658 Le tueur d'Albert Park

BURLEY W.J.
1762 On vous mène en bateau

CHRISTIE Agatha
(85 titres parus voir catalogue général)

CLARKE T.E.B.
1724 Meurtre au Palais de Buckingham

DEVINE Dominique
1725 Week-end tragique

ELLIN Stanley
1670 Le compagnon du fou
1682 La puce de Beidenbauer
1702 La douzième statue
1729 La dernière bouteille

EXBRAYAT
(95 titres parus, voir catalogue général)

FERRARS Elisabeth
1704 Les cendres du passé

FERRIERE Jean-Pierre
1732 Un climat mortel

FORESTER C.S.
1706 A deux pas du gibet

GRAYSON Richard
1726 Meurtre sur la butte

GRIMES Martha
1703 Un si paisible village

GUIBERT Michel
1610 Le vieux monsieur aux chiens
(Prix du Roman d'Aventures 1980)
1705 Et si on tuait Bérénice ?
1716 Le pot-au-feu de Mme da Ponte

HUMES Larry H.
1708 Saut périlleux

JOBSON Hamilton
1763 Pas un mot aux journaux !

LOVELL Marc
1693 Enquête au royaume des morts

McCLOY Helen
1697 Permission de tuer

MONAGHAN Hélène de
1379 La mauvaise part
(Prix du Roman d'Aventures 1975)
1683 Demain six heures

POURUNJOUR Caroline
1746 Des voisins très inquiétants
(Prix du Festival de Cognac 1984)

POWERS Elisabeth
1731 Tout ce qui brille

PRONZINI Bill
1737 L'arnaque est mon métier

RENDELL Ruth
1589 Étrange créature
1601 Le petit été de la Saint Luke
1616 Reviens-moi
1629 La banque ferme à midi
1640 Un amour importun
1649 Le lac des ténèbres
1661 L'inspecteur Wexford

1718 La fille qui venait de loin
1747 La fièvre dans le sang
1773 Qui ne tuerait le mandarin? *(fév. 85)*

ROUECHÉ Berton
1727 Le crime ne fait pas le bonheur

SALVA Pierre
1570 Des clients pour l'enfer
(Prix du Roman d'Aventures 1979)
1707 Le diable et son train... électrique
1739 Quand le diable ricane

SIMPSON Dorothy
1710 Le secret de Julie

SMITH J.C.
1715 La clinique du Dr Ward

STEIN Aaron Marc
1760 Barbara sur les bras

TANUGI Gilbert
1699 Meurtres en eaux profondes
1709 Le jeune homme assassiné

TERREL Alexandre
1733 Rendez-vous sur ma tombe
1749 Le témoin est à la noce
(Prix du Roman d'Aventures 1984)

1757 La morte à la fenêtre
1777 L'homme qui ne voulait pas tuer
(mars 85)

THOMSON June
1594 Le crime de Hollowfield
1605 Pas l'un de nous
1720 Claire... et ses ombres
(Prix du Roman d'Aventures 1983)
1721 Finch bat la campagne
1742 Péché mortel
1769 L'inconnue sans visage *(janv. 85)*

TRIPP Miles
1679 L'attentat du fort Saint-Nicolas
1700 Vol en solo

WAINWRIGHT John
1689 L'homme de loi
1711 Le prochain sur la liste

WATSON Colin
1701 Tempête sur Flaxborough

WYLLIE John
1722 La tête du client
1752 Pour tout l'or du Mali

Le Club des Masques

ALDING Peter
531 Le gang des incendiaires

BAHR E.J.
493 L'étau

BARNARD Robert
535 Du sang bleu sur les mains

CARR John Dickson
423 Le fantôme frappe trois coups

CHEYNEY Peter
6 Rendez-vous avec Callaghan
23 Elles ne disent jamais quand
31 Et rendez la monnaie
41 Navrée de vous avoir dérangé
57 Les courbes du destin
74 L'impossible héritage

CHRISTIE Agatha
(85 titres parus, voir catalogue général)

CURTISS Ursula
525 Que désires-tu Célia ?

DIDELOT Francis
524 La loi du talion

ENDRÈBE Maurice Bernard
512 La vieille dame sans merci
543 Gondoles pour le cimetière *(mars 85)*

EXBRAYAT
(71 titres parus, voir catalogue général)

FERM BETTY
540 Le coupe-papier de Tolède *(janv. 85)*

FERRIÈRE Jean-Pierre
515 Cadavres en vacances
536 Cadavres en goguette *(sept. 84)*

FISH et ROTHBLATT
518 Une mort providentielle

FOLEY Rae
517 Un coureur de dot
527 Requiem pour un amour perdu

GILBERT Anthony
505 Le meurtre d'Edward Ross

HINXMAN Margaret
542 Le cadavre de 19 h 32 entre en gare *(fév. 85)*

IRISH William
405 Divorce à l'américaine
430 New York blues

KRUGER Paul
513 Brelan de femmes

LACOMBE Denis
456 La morte du Causse noir
481 Un cadavre sous la cendre

LANG Maria
509 Nous étions treize en classe

LEBRUN Michel
534 La tête du client

LONG Manning
519 Noël à l'arsenic
528 Pas d'émotions pour Madame

LOVELL Marc
497 Le fantôme vous dit bonjour

MARTENSON Jan
495 Le Prix Nobel et la mort

MONAGHAN Hélène de
452 Suite en noir
502 Noirs parfums

MORTON Anthony
545 Le baron les croque *(mars 85)*
546 Le baron et le receleur *(mars 85)*
547 Le baron est bon prince *(mars 85)*
548 Noces pour le baron *(mars 85)*

PICARD Gilbert
477 Le gang du crépuscule
490 L'assassin de l'été

RATHBONE Julian
511 A couteaux tirés

RENDELL Ruth
451 Qui a tué Charlie Hatton?
501 L'analphabète
510 La danse de Salomé
516 Meurtre indexé
523 La police conduit le deuil
544 La maison de la mort

RODEN H.W.
526 On ne tue jamais assez

SALVA Pierre
475 Le diable dans la sacristie
484 Tous les chiens de l'enfer
503 Le trou du diable

SAYERS Dorothy L.
400 Les pièces du dossier

SIMPSON Dorothy
537 Le chat de la voisine

STOUT Rex
150 L'homme aux orchidées

STUBBS Jean
507 Chère Laura

SYMONS Julian
458 Dans la peau du rôle

THOMSON June
521 La Mariette est de sortie
540 Champignons vénéneux

UNDERWOOD Michaël
462 L'avocat sans perruque
485 Messieurs les jurés
531 La main de ma femme
539 La déesse de la mort

WAINWRIGHT John
522 Idées noires

WATSON Colin
467 Cœur solitaire

WILLIAMS David
541 Trésor en péril *(janv. 85)*

WINSOR Roy
491 Trois mobiles pour un crime

IMPRIMÉ EN FRANCE PAR BRODARD ET TAUPIN
58, rue Jean Bleuzen - Vanves - Usine de La Flèche.
ISBN : 2 - 7024 - 0155 - 4

H 31/0132/6